Albin Beck
Jeden Tag stoht a Dummer auf

Albin Beck

Jeden Tag stoht a Dummer auf

Heitere Begebenheiten unterm schwäbischen Himmel

Illustriert von Uli Gleis

Silberburg-Verlag

3 4 5 02 01

Druck: Freiburger Graphische Betriebe, Freiburg i. Br.
Printed in Germany.

ISBN 3-87407-291-6

Inhalt

D wia Deutschland

Ma schwätzt bloß no vom Standort Deutschland. Deutschland als a demokratisches Staatswesa, als Rechtsstaat, Deutschland als Kulturnatio isch nimme intressant. Daß aber um da Standort D tatsächlich it guat stoht, dees isch mr de letzt Zeit klar wora.

I hau do so a kleins Tascharechnerle, Made in Taiwan – vier Grundrechenarta, Wurzel- und Prozentautomatik. DM 6,95 incl. Mehrwertsteuer beim Hertie. Dees hot überall Platz. Kürzlich hau'nes im Hemmed, im Brusttäschle drbeighet. Irgendwenn hot mei Weib dann dees Hemmed gwäscha – mitsamt dem Rechnerle. Und was sag i Ihne, dees Mascheele hot au frisch gwäscha no eiwandfrei funktioniert. Au noch dr Wäsch isch zwoi und zwoi vier gwea. A Solarrechnerle, voll waschbar! Und dees für DM 6,95!

Bei uns wär dr Pflegeversicherungsatoil am Herstellungsaufwand scho höher wia bei de Inselchinesa de gesamte Kosta zuzüglich Seefracht. Und ob a deutsch Rechnerle noch so ma Persilvollbad no gwißt hätt, was zwoi und zwoi ischt ...? Kaum.

In New York hau'ne a Armbanduhr kauft, a „Patek Philippe“, für neun Dollar. Neun US-Dollar für a Patek Philippe! A wunderscheena Uhr. 's Gehäuse Gold oder vergoldet, 's Zifferblatt mit feine, lateinische Ziffra und mittladrin: „Patek Philippe, Genève“.

A Edel-Chronometer. Gleich teuer wia Rolex, Cartier, Gucci oder Lange & Söhne.

Bei uns kostet so a Patek Philippe mindestens ’s Hundertfache. Guat, se ischt dann echt – wahrscheinlich jedenfalls –, aber se lauft wega dem it schneller. Und scheener isch se bloß, wenn ma ganz genau nagucket. Und ob se jetzt aus Genf kommt oder wia de mei aus Hongkong beziehungsweise New York-Chinatown, dees sieht koiner.

Natürlich isch a Unverschämtheit, so rotzfrech alles abkupfara. Aber ’s zoigt, wia fix und wia fähig dia schlitzäugige Tiger von do hinta heut scho send.

Dann hem’ma – au in New York – am Broadway, Ecke 52. Stroß, amma Samstig, naachts um halb zwölfe, a Tschins kauft. Koi gwöhnlicha, a „Guess“, für glatte 45 Dollar. Um halb zwölfe in dr Naacht! I vrlang natürlich it, daß unsere Vrkäuferinna au rund um d’Uhr schaffa messet und am Samstig und Sonntig – ums Himmels Willa! –, dia sollet z’Naacht schlofa und am Sonntig in d’Kirch ganga. – Aber Arbeitsplätz schafft ma so natürlich.

Wo ne dann dui Tschins ’s erste Mol traga ... quatsch, aghet hau, a Tschins trägt ma doch it! – ’s erste Mol also, hau’ne im Hosasack a Zettele gfunda: „Good luck and enjoy it! Angela.“ Und a Telefonummer. Dui ka ne aber it saga. Wega unsere Dataschutzbestimmunga! Agrufa hau ne dui Änschela allerdings it. Aber mei Phantasie hau ne kaum meh vrhebt.

Dees ischt Verkaufspsychologie! Werbung mit virtuellem Sex-Appeal! Raffiniert! Also Reklame macha könnet se oifach, dia Ami! Sogar im Hosasack! Mir in Old Germany kommet doo nia mit.

Im a Lamakloster z'Peking hem'ma vor kurzem a tibetischa Gebetsmühle bestaunt. Dui schuckscht a bißle a im Vrbeilaufa – und scho bettet se. Schaffa dent se in Tibet jo no wia bei uns vor 100 Johr, aber 's Betta hent se perfekt rationalisiert. – I hau so a Mühle kauft, a kleina, Handformat. Aber se bettet it für Deutschland. Dr Lama hot gsait, ma meß dra glauba. Und am Glauba fehlt's bei uns.

Mir wellet dees Standortproblem ganz anderscht lösa. In N. hent gewisse Mädla ihren Standort vom Stadtrand wieder zruckvrlegt an Bahnhof. Dussa sei oifach nix gloffa. Jetzt wellet de Grüne dia Mädla no zusätzlich unterstütza – auf ihra Art. Dene ihr ... ihr ... na ja ... Service soll als ganz normaler Beruf anerkannt werra. Dees ka noch'm deutscha Selbstverständnis jo bloß hoißa: a Lehr mit Gehilfaprüfung. Und Bafög natürlich.

Ob se doo it a bißle z'kuuz denkt hent, dia Grüne? I sieh doo gewisse Schwierigkeita. Beim praktischa Toil von dr Gehilfaprüfung beispielsweis.

Ob dia staatlich geprüfte Mädla im Standort D aber tatsächlich helfa dätet? Besser wär's bestimmt, wenn se a Solarrechnerle baua könntet – waschmascheenafest! – für DM 6,95 alles inclusiv.

Von Nonnafürzla und Damaschenkel

De schwäbisch Kuche ischt rassistisch und sexistisch! Glaubet Sia it? Wartet Sie's ab. Erstaunlich isch bloß, daß dees no koiner gmerkt hot. Normalerweis verfolgt ma bei uns sottige „Strukturfehler" jo gnadenlos.

Man nehme also ... „Nonnafürzla", beispielsweis. Krapfa, im Schmalz bacha. Echt schwäbisch. Nonnafürzla. Also noi! Wo dia Nonna so zurückhaltend send, so nobel, so distinguiert!

Doo hot a Pater und a Ordensschwester in Neresheim a Kindergruppe dur d'Basilika gführt. Noch dr Führung hent dia Kinder nomol Froga stella derfa. A kleiner Bua hot ganz schüchtern gstreckt: Messet Schwestera au aufs Clo? Dr Pater hot glachet: Ha natürlich. Und d'Schwester druf ganz schnell mit hochrotem Kopf: Aber it oft! – Und dann Nonnafürzla!

A hoißa Sach send „Damaschenkel". No nia ghört? A elegants Butterdoiggebäck. Sieht tatsächlich aus wia d'Fiaß von dr Marlene Dietrich. Oder muß ma Beine saga bei so ra Diva? Vielleicht a bißle braun. Koine Marmorschenkel. Aber se könnet sehr wohl erotische Assoziationa wecka. Also Nama und Form send eideutig sexistisch. Und dr Alice Schwarzer ischt dees bis jetzt it aufgfalla!

Ois von de bekannteste Gericht isch 's Zigeunerschnitzel. Würzig und scharf, mit vill Zwiebel und Paprika. Zigeunerschnitzel! Dees ischt blanker Rassismus! Zigeuner derf ma heut nimme saga. Höchstens zum Nochber. Zigeuner hoißet jetzt bei uns Sinti und Roma. Mir Deutsche hent jo a ausgeprägts Talent zum Probleme macha wo's koine geit. D'Weltliteratur isch vooler Zigeuner. In dr Musik geit's da Zigeunerbaron, Zigeunerliebe, Zigeunerweisen usw. Ähnlich in dr bildenda Kunst. 's berühmteste Bild in dem Genre isch 's Zigeunerlager vom van Gogh. Sintibaron? Dees dät sich so unmöglich ahöra wia Romaschnitzel.

Und dann geit's no Buabaspitzla! So kleine Dinger aus Kartoffeldoig. Buabaspitzla! Aber, aber! Dees ischt direkt kannibalisch! Trotzdem isch a urschwäbisch Essa. Dees kommt glei nooch de Spätzla und nooch de Maultascha. Schupfnudla wär a unvrfänglicher Nama, aber lang it so frech, so frivol, so spritzig. – Oder so unschuldig!

Wenn ma dia Kartöffala, also dia Buabaspitzla, im Butter langsam und bloß ganz hell anbräunt, meh dünstet, noch hoißet dia in oine Gegenda „Nackede Mariela". Worum? Woiß i au it. Aber ma könnt sich doo scho einiges zammareima.

's Vulgärste aus dr schwäbischa Kuche send dia sogenannte „Bockse...la", ausgwellete, rautaförmige Kiachla. Ma trauets kaum ins Maul nemma, vill weniger no schreiba, au wenn des „le" hinta dana 's Ordinäre a bißle abschwächt. Egal, 's kommt von weit unta und ischt alles andere als ladylike. Aber dees ischt halt unser plastischa Ausdrucksweise! – Trotzdem, guat schmecka dent se!

In Ö. hot a kleiner Bua a ganz bsondera Suppa kreiert. Er hot sieba Gschwister ghet. Ergo hot ma achtmol taift. Und bei jedem Taufschmaus hot's Bachene Spatza gea. Für Nichtschwoba: Backerbsensuppe. Beim vorletzta Mädle hot dr Älteste zennet: I will it allaweil dui Suppa, wo's kleine Kindla geit.

Im Schwäbischa Kochbuach standet glei zwoi Rezept für „Versoffene Jungfra". A Siaßspeise, im Fett bacha. A mysteriöser Nama. Dr Ursprung leit im Dunkla. Heut dädet se sicher anderest hoißa, weil vill scho gar nimme wisset, was a Jungfer ischt.

Problematisch send au d' „Negerküss", wenn au koi ausgsprocha schwäbischa Spezialität. Neger! Gilt heut zumindest als unfein. It amol meh am Kripple wellet se 's Negerle dulda. Obwohl, ethnisch ist der Begriff absolut in Ordnung. – A bißle ka ma's jo vrstanda, dia Neger. Wo dr frühere Bundespräsident Lübke amol in Schwarzafrika a offiziells Bsiachle gmacht hot, soll'r sei Red so agfanga hau: Meine sehr geehrten Damen, meine Herren, liebe Neger. – Na ja! Wenn it Neger, was dann? Farbiger? Schwarzer? Afrikaner? Am besta afrikanische Freunde. – Dees paßt allerdings it zum Negerkuss. Vielleicht sotta ma doch wieder zruckganga zum guata alta Mohrakopf. Der Mohr kommt jo bekanntlich aus Sarotti und it aus Afrika. Doo gäb's koine Probleme.

So, dees wäret de giftigste Mohlzeita aus der schwäbischa Hexakuche. Aber wia soll ma sich bei dene jetzt richtig vrhalta? Solang it irgendwoher gschossa werd, saga ma halt weiter Damaschenkel und Zigeunerschnitzel. Und wenn ma's dann je amol nimme derfet, noch saga ma's erst recht. – Guata Appetit!

Abschied vom Storch

Wie sag ich's meinem Kinde? Für de meiste Eltera a Problem. Früher war dees oifach. Do hot dr Storch no d'Kindla brocht. Und seit's weniger Storcha geit, kommet au weniger Kinder auf d'Welt. Eigentlich logisch, oder?

Unser Schreiner hot immer gsait: „Im Gockeler erklärt's au koiner." Und wer hot's uns erklärt? – Doo hot's halt ghoißa: Sei au aständig. Und dees war's dann. Aber irgendwenn hot's jeder begriffa, wenn oft au erst dur „learning by doing".

In de siebziger ischt dann dui Sexwelle über da Globus gschwappt und hot alle Konventiona und alle Hemmunga über Bord gspialt. Schlagwort: Sexuelle Befreiung! Uns Eltera hot domols a Reformpädagogin schonend vorbereitet. Ma könn Kinder it friah gnuag aufkära, hot se gmoint. Der kindische Vrgleich mit Narbe und Stempel und dees ganze metaphorische Geschwafel sei aber antiquiert, überholt. Ma müß saga, was Sache sei. Jawoll! Noch häbe dia perverse Sauigel koi Chance meh. Und ledige Kinder, dees gäb's noch au nimme.

Ganz so, wia dui Oberlehrere gsait hot, isch it gwea. Und ganz so oifach ischt au Aufklärung it. Ursprünglich hot unser Herrgott seine Ebabilder no höchstpersönlich dia arterhaltende Funktiona an

Adam und Eva erklärt. Trotzdem hent sich d'Leut vrmehrt wia d'Stubafluiga. Seit de Achtasechzger machet mir jetzt alles selber und vor allem besser. Heut lernet de Kleine scho im Kindergarta da Umgang mit Gummiwara, als Voraussetzung für a repressionsfreies Liebesleba. Unklar ischt bloß no, wer wen aufklärt, de Alte de Junge oder de Junge de Alte. An dees hent dia Reformer it denkt.

Trotz Kolle & Co. tuat ma sich in unsere Regiona aber immer no schwer mit Aufkärung total. Bsonders mit'm ersta „Akt". D' Juda, de jüdische Literata vor allem, könnet dees vill besser. Dia schwätzet von dr natürlichsta Sache der Welt wia ... ja wia von dr natürlichsta Sache der Welt. Wo mir auf so blutleere Sagrotan-Wörter wia Beischlaf, Begattung oder Kopulation ausweichet, verwendet dia ugeniert a ornithologisches Verb mit „v" vorna. Und dees in alle Variationa. Bei dene hört sich dees so harmlos a, so selbstvrständlich, wia wenn mir über Lotto spiela oder Zwetschga stehla schwätzet. Koi Spur von ordinär oder gar obszön!

Ehrlich gsait, mir send bei dr Aufklärung nia über „Alsooo ..." nauskomma. Und mir waret it de oizige. Vor kurzem vrzehlt mir dr Markus, oiner aus dera Babyboomergeneratio, jetzt selber scho Familiavadder, wia *er* aufklärt wora ischt sellamol, wia *seine* Eltera dees Problem glöst hent. In de Ferien hent'sn a paar Tag zu ma entfernta Vrwandta aufs Land gschickt. Vrmutlich mit ganz bestimmte Hintergedanka! Der Vrwandte, a Bauer, a uriger, knitzer Typ, hot dees Stadtbiable mitgnomma, wo'nr a Kuh hot in Farrastall dua messa. Am Obend dann hot'rn gfroget, ganz ohne Vorwarnung: „Woischt jetzt, wer d'Kindla macht?“

„Jjjo“, hot'r gsait, „d'Ochsa.“

Der Ma hot laut nausglachet: „So ugfähr.“

Noch de Ferien hot dr Markus seine Kamerada über sein neuesta Wissensstand in Sacha geschlechtlicher Fortpflanzung informiert. Er hot alles genau beschrieba, was im Farrastall abganga ischt. „So macht dr Bulle de kleine Kälbla“, hot'r sein Unterricht abgschlossa. „Und bei de Menscha goht's genauso!“ Gewisse Fortschritt in bezug auf biologische Möglichkeita waret scho uvrkennbar.

Für da Peter, oin von seine Schulkamerada, a schmächtigs Bürschle, a bißle unbedarft und mit keinerlei einschlägige Erfahrunga, für da Peter also war dees Ganze a bißle vill. „Aber d'Menscha hent doch bloß zwoi Fiaß!“ hot'r zum Bedenka gea. – Und koiner hot glachet! Wia hot dui Lehrere gsait? Ma könn it friah gnuag afanga. Künftig wohl scho pränatal, also vorgeburtlich. Sicherheitshalber ...

Schaffa und spara

Als Unternehmer wird ma gebora. Ma ka's, oder ma ka's it. Lerna ka ma's kaum. Heut geit's zwar haufaweis Biacher über Unternehmensführung und über Corporät-woiß-dr-Kuckuck-Was, aber dia, wo ihra Weisheit aus dene Biachla beziehet, fahret ihre Betrieb alle an d'Wand.

Natürlich hot jeder Unternehmer Stärka und Schwächa, und jeder hot sei oigana Methode. Dr Sauhändler H. zum Beispiel vrfolgt a ganz oiges Rezept: „Jeden Tag stoht a Dummer auf“, so sei Credo, „und i lauf allaweil an'n na.“ Ma braucht do it glei 's Schlimmste denka. Dr Samuel Johnson zum Beispiel hot scho vor 250 Johr gschrieba: „Es gibt für einen Mann wenig Möglichkeiten, sich unschuldiger zu betätigen als beim Geldverdienen.“ – Eba!

A Provinzbänker aus dr Regio vrzehlt mir, 's Wichtigste sei, daß ma de Leut zur Beerdigung gang. „I gang auf jeda Leich. Auf andera Werbung ka i vrzichta.“ Dr Erfolg geit boide recht, im Bänker und im Sauhändler.

Dr Baron Rothschild hot anno 1893 seim Erstgeborana zur Beschneidung a Spardos aus massiv Sterlingsilber gschenkt. In des Prachtstück eigraviert war a jiddischa Weisheit: „Mein lieber Sohn, denke stets daran – teile dein Vermögen in drei Teile: Den ersten stecke in Immobilien und lasse ihn für dich arbeiten, den zweiten stecke in dein Geschäft und arbeite selber damit, und vom dritten Teil erzähle nicht einmal deiner Frau." – Ob's a guater Rot war? Dia Rothschild jedenfalls ghöret bis heut it zu de Arme.

Dr Done in N. hot ganz aufs Kundschäftla gsetzt. G'lernet hot'rs bei seim Vadder, beim Fritz. Dees war dr geborene Handelsma. Mit acht Johr scho ischt der auf da Hasamarkt mit seine Deutsche Riesa. 1951, mit 25, hot'r a Fahrradwerkstatt eröffnet. A paar Johr später send Landmascheena drzuakomma. Ende der fuffziger hot'r mit Auto agfanga. Sei Motto von doo a: Ab ma gewissa Betrag ka ma mit mir über alles schwätza – außer über mei Frau.

Viermol in dr Woch ischt'r obends ins Gäu. Meistens hot'r dann eikehrt. Und noch isch spät worra. Trunka hot'r normalerweis it vill, aber z'vill – zum Autofahra jedenfalls. Sei Weib hent ständig Alpträum ploget, bis'r wieder dahoim gwea ischt. Aber se hot'n it abbringa könna von dera Eikehrarei. Im Wirtshaus mach'r de beste Gschäft, und nooch dr Goisterstund däb'r au dees erfahra, was d'Leut sonst bloß im Beichtstuhl vrzehlet.

Wo dr Done sieba Johr alt gwea ischt, hot'n sei Vadder scho gelegentlich mitgnomma auf seine Toura. D'Mudder hot ghofft, daß'r jetzt früher hoimgang. An kleina Buaba ka ma doch it de halb Nacht im Wirthaus rumzieha! Aber dui Hoffnung hot troga. Dr Fritz hot dem Kleina a Kisse auf da Bank gleit, und doo hot der selig gschlofa. Später, wo'nr nimme so leicht eigschlofa ischt, hot'r a paar Mol herzhaft am Bierkrug zieha derfa. Dees hot immer gholfa. Bei dera Glegahoit hot der Bua de ganz Bierszene im Umkrois kennaglernet.

Wo dr Done grad 13 gwea ischt und no a arg schmächtigs Bürschle, hot'r an spektakulära Auftritt ghet. Er hot mit seim Vadder wieder amol im „Ochsa" eikehrt. Und doo hot grad dr Bürgermoister mit a paar trinkfeste Hocker sein Stammhalter begossa. Natürlich hent se dia boide eiglada. Und irgendwenn ischt dann dr Vadder dicht gwea. Total. Zu dritt hent se'n ins Auto gschloift und auf da Rücksitz vrfrachtet. D'Wirte hot gsait, sui fahr'n hoim. So Schnapsleicha ka ma it schnell gnuag entsorga.

Zmol hot a Motor aufgheulet, Scheiwerfer hent aufgleuchtet, und a Mercedes ischt da Hof nausgschossa wia Raket. Ums Hoor hätt's da Hasso mitgnomma samt dr Hütte. „Jesses, der Bua!" hot d'Wirte gschriea, ischt ins Haus gsauet, da Autoschlüssel vom Hoka grissa und dem Kerle nochgrast.

Dr Done mit seine 13 Krautherbst ischt direkt auf d'Bundestroß gfahra und dann mittla dur d'Stadt. Bloß de letzte paar Kilometer hot'r so a Insidersträßle gnomma. Er hot sein Vadder nobel hoimkutschiert. Ohne jeden Zwischafall. 's Auto allerdings hot graucht und gstunka wia im Teufel sei Schwanz. Aber doo hot der Bua nix drfür könna. Woher hätt'r au wissa solla, daß ma d'Handbrems aufmacha muß, wenn ma so Schnapsleicha transportiert!

Dahoim hot'r vooler Stolz dr Mudder gmeldet: „Mama, i hau da Babba brocht. Der hot'n Rausch wia Kuah."

Aber dui Mama hot gar koi Freud ghet. „Waas!" hot se gschriea und ischt mit oim Satz aus'm Bett gsprunga. „Ja, bischt du gfahra?"

„Ha natürlich!"

„Hurabua, elender! Spinnst du?“ und scho hot’r oina gfanga ghet.

Se ischt gschwind in Badmantel gschlupft, Treppa nagfloga und in Hof naus, als ob dr Leibhaftig hinter ihr her wär. In dem Moment ischt d’Ochsawirte in Hof eiboga. Und dui ischt vool neigloffa ins Wetter. O weiowei! Wia ma im a Gast, im a Stammgast drzua, so an Rausch nauf henka könn. Eine Unverschämtheit! Und noch dees Kind hoimfahra lau! So ebbes! Eisperra sott ma se! Und jetzt soll se bloß vrschwinda! Aber plötzlich!

Gega des Trommelfeuer ischt d’Ochsawirte it akomma. Sei’s drum, hot se denkt. Hauptsach der Schnapsleichatransporter ischt guat hoimkomma. Wenn dem ebbes passiert wär! It zum Ausdenka!

Dr Done und sei Mutter hent dea agstochana Vadder mit vreinten Kräften ins Schlofzimmer meh zoga als traga. Und do hot der Bua nomol oina gfanga. Auf da andara Backa. Wege’m Oiseitigsei vrmutlich. Er hot’s it begreifa könna. Noch dem Moisterstückle! Schlieaßlich hätt koiner dea Vadder sicherer und souveräner hoimbringa könna. Und noch da Grind vool krieaga!

Von dem Tag a hot’r nimme mitderfa ins Gäu. D’Mudder hot a Machtwort gsprocha! Aus!

Mit 15 ischt’r dann in d’Lehr komma. Von do a hot’r wieder mitderfa. Und ’s ischt wieder spät worra. Mit 18 hot’r da Führerschei gmacht. Und dann ischt’r alloi naus zu de Kunda. No erfolgreicher wia sei Vadder.

Heut ghöret dem Done zwoi Autohäuser und a Supermarkt. A wohlhabender Ma. Wenn ma’n froget, wia’r dees gmacht häb, sait’r: Schaffa, spara und nett sei zu de Leut. – Kundschäftla halt.

Urlaub bis zum Wecker

Vor fast 500 Johr hot dr Peter Heinlein d'Uhr erfunda. Des war dr Anfang von Hektik und Hetze, gnaugnomma von dr Zivilisatio. Ab doo hot ma Zeit im Hosasack rumtraga könna.

D'Steigerung von Uhr ischt Wecker. 's geit nix Gwalttätigers, nix Unerbittlichers als an Wecker. Und ungsund, ja lebensbedrohend ischt'r au. Er stiehlt oim de schönste Stunda, und des sture, des gnadenlose Rassla zur Unzeit schädigt erwiesenermaßa Herz und Nerva. Drum ka oim au nix so auf da Wecker ganga wia eba a Wecker.

Dr Hans und d'Christl hent scho Johrzehnte in Algund, in Südtirol, Urlaub gmacht. Immer in dr gleicha Pensio. Und immer im gleicha Appartment. 's letzte Mol war ihr Domizil frisch renoviert: freundliche Tapeta, Landhausdiela statt Teppichboda, helle, zweckmäßige Möbel in Buche und, dr Zeit entsprechend, Telefo, Fernseher und a Radio mit Radiowecker.

Dia zwoi send glei wieder dahoim gwea. Und am ersta Obend scho send se no lang mit de Wirtsleut, mit'm Reinhold und dr Klara, bei ma Algunder zammagsessa.

Mittla in der Nacht isch zmol dr Wecker ra. D'Christl hot 's Licht agmacht. Drei noch halb zwoi.

Falsch grichtet vrmutlich. Se hot'n abstella wella. Aber wo? Überall Knöpfla und Lichtla. No nia hot se mit so ma Apparat zum dua ghet. Wia stoppt ma an Radiowecker? An alle Knöpf hot se dreht und druckt und zoga. Dr Hans hot'ra helfa wella. Aber der hot au nix könna. Und des Ding hot gschriea und gschriea. Penetrant!

Irgendwenn hot dui Schellerei dann aufghört. Dia zwoi send ganz erledigt gwea. Wisset Sia, wia lang a Minut sei ka, wenn zu nachtschlofener Zeit dr Wecker läutet – und wia läutet! –, und wenn ma'n it abstella ka? Ugfähr so lang wia 60 Sekunda mit'm nackada Hintera auf ma glühiga Holzkohlagrill!

Am andara Morga hent se sich den Nachtruhestörer genau erklära lau. Ma ka jo nia wissa ... Tatsächlich, in dr zwoita Nacht hot's wieder gschellet. D'Christl ischt aufgfahra. Drei noch halb zwoi! Genau wia gestern! „So ein Scheißapparat!“ hot dr Hans gschimpft. „Der tickt wohl it richtig!“ Se hent'n abstella wella. Am richtiga Knopf. Aber er hot weitergschellet. Dann an de andere Knöpf. Er hot immer weitergschellet und gschellet und gschellet. Bis'm dr Schnaufer ausganga ischt.

Dr Hans hot gstöhnt: „Des halt i it nomol aus. Morga muß'n dr Reinhold macha. So ka dees jo it weiterganga!“

De dritt Nacht. Dr Reinhold hot den Wecker richtig eigstellt geht. Jetzt häbe se ihra Ruah. Mit Sicherheit. Zmol: Kliiiiiiiiiiiiiiiiiiiiing...! Boide send gleichzeitig hochgschossa. „Sackerdi!“ hot dr Hans gschriea. „Schlag den Kasta zamma, den blöda!“ D'Christl hot auf des besagte Knöpfle ghaua wia

Schmied. Bongggg!!! Aber ’s hot weitergschellet. Wia verruckt.

Dr Hans hot schier koi Luft meh krieagt. D’Christl hot bloß no da Kopf schüttla könna. Wia in ra klassischa Tragödie.

Am andara Tag hot dr Reinhold den Wecker ausbaut. Er hot’n zruckbrocht ins Elektrogschäft. Se sollet den Blindgänger eischicka oder – und des wär’m am lieabsta – umtauscha. D’Verkäufere hot gsait, in acht Tag häbet se Antwort vom Werk.

An dem Obend, am vierta, send se beruhigt ins Bett. Jetzt hot nix meh passiera könna.

Zmol: Kliiiiiiiiing...! Noi!!! Dia Zwoi send rausgsauet. „Ja wo kommt dui Rasslerei her? Isch doch koi Wecker meh doo! Spukts do hinna?“ In höchster Aufregung hent se unterem Bett, überem, hinterem, vorem, links und rechts gucket. – Nix!

„I wer verruckt!“ hot dr Hans gschriea. Dann hot d’Christl im Nachttischschublädle noochgucket. Doo ischt’r glega. Ihra oigener Wecker. Und hot glitta, was’r hot bloß vrläuta könna. Wia scho seit vier Tag. Drei Minuta nooch halb zwoi. Mittla unter dr Nacht.

Christl hot ihren Ma bloß agucket. Noch send se auf ’s Bett gfalla und hend no grad lacha messa. – Und gspukt hots nimme, von doo a.

Es weihnachtet sehr

Advent – Ruhe, Besinnung, Selbstfindung. – Hoißt's. Bei meim Weib fangt'r scho am ersta Tag a, dr Besinnlichkeitsstreß. Kirchabazar, Adventsfeier beim Frauabund, bei de Ökumenische, beim Kirchachor und beim Frauaturna. Dann Weihnachtsfeira bei dem Kreis und beim sella Kränzle, bei x Verei, sogar bei Firma – 's goht au um's Gschäft. Se ka kaum ebba noi saga. Und am Schluß kommt se vor lauter Besinnlichkeit nimme zur Besinnung. So vill Besinnlichkeit am Stuck ischt ugfähr so beruhigend wia a Techno-Party. – Stille Nacht ... hoffentlich bald.

A guate Bekannta feiret Advent auf ihra Art. Se hot drei kleine Kinder. Am Samstig vor'm ersta Advent stellt se a Kripple auf mit'm Stall, mit Berg und Seea, Häuser, Bäum und Viecher. Und mittladur führt d'Stroß von Nazareth noch Bethlehem. Auf dera Stroß marschieret Maria und Josef mit'm Esel. Und jeden Tag kommet se a Stückle näher ans Ziel. Jeden Tag a Mordsfest, wenn dia drei Marschierer wieder a Stückle vorwärts komma send und d'Mama a kleis Gschichtle drzua vrzehlt. Dia Kleine send ganz elektrisch. Und aufs Fernseha vrzichtet se freiwillig.

Dia Kinder heut send natürlich aufklärt. Letzts Johr hot de klei Veronika, fünf Johr alt, kuuz vor

Hoiligobend ganz geheimnisvoll gmoint: „Guck, Mama, was d'Maria scho für an dicka Bauch hot. Jetzt ka's nimme lang ganga, bis 's Christkindle kommt."

Früher hot ma Weihnachta it so romantisiert. Bsonders auf'm Land. Doo hot ma au ganz selbstvrständlich da Christbaum gstohla ... oder saga ma: organisiert ... stehla ... na ja ... An Christbaummarkt hot's koin gea, und im Wald hot's Bäum ghet, haufaweis. 's hot scho an oigana Charm ghet und an Kitzel, des Christbaumstehla. A bißle wia wildara. Ganz legal isch natürlich it gwea, aber au koi Vrbrecha. Ums Himmels Willa! Und so isch ma halt so zwischa Tag und Siehsch-me-It stolz hinta 's Holz rei mit ma selber gschlagana Bäumle. Und dia, wo an oigana Wald ghet hent, dia hent ihra Bäumle halt beim Nochber gschlaga. Grad mit Fleiß! Schada hot ma koin gmacht. Ehrasach! Dr Schultes aus V. hot's amol beichtet. Doo hot dr Pfarrer hinter'm Vorhängle grinst: „Bürgermoister, Christbaum gstohla, Christbaum gstohla." Von do a hot'rn nimme gstohla ... zumindest hot'rs nimme beichtet.

Heut kauft ma da Christbaum auf'm Markt wia Putzlumpa oder WC-Reiniger. Ganz uromantisch. Dia eigwicklete, schmalbrüstige Dinger lant am Steffestag scho d'Nodla falla und an Dreikönig spätestens musch nauskeia, weil da bloß no an dürra Besa in dr Stuba hoscht. Dia Konfektionsbäum send halt bloß Weihnachts- oder gar Tannabäum, koine Christbäum.

Vill wichtiger wia dr Christbaum ischt 's Kripple gwea. Dees war Weihnachta, Christi Geburt. Mit'm

Kripple hot ma sich vill Arbet gmacht. Wunderscheene biblische Landschafta hot ma modelliert. Mir hent alle mögliche Viecher am Kripple ghet: Esel, Kamel, Hund, Katza, Kiah, Schof, Goißa, an Elefanta und an Gaul mit drei Fiaß. Dea Dreifußiga hot ma alleweil an da Gartazau gloinet.

Dees mit dene drei Fiaß ischt a ganz mysteriösa Gschicht. Am a scheena Sonntig morga ischt der Gaul unterm Stubatisch glega. Schwervrletzt. Anderthalb Meter weg vom Kripple. Sonst ischt alles in Ordnung gwea. In dr ganza Stuba. Nix noogstellt, nix vränderet. Alles normal. Koi Mensch hot sich den Ufall erklära könna. Alle waret ratlos. Schließlich ischt a Brüstung um ’s ganz Kripple rum gloffa! Zum Schluß hot ma mi vrdächtigt. Aber i be’s it gwea. Bestimmt it!

Wahrscheinlich hot der Elefant, der Jumbo, den Gaul agriffa. Und der ischt in seiner Vrzweiflung mit oim Satz unter da Tisch gsprunga, über d’Brüstung und über d’Eckbank num. Bloß so ka’s gwea sei! Und dea Riesasatz muß’r irgendwia falsch berechnet hau. Jedenfalls hot’r bei dem Manöver an Holzfuaß vrlora. A Trümmerbruch. It zum operiera. Der arm Kerle. Und seit sellamol loinet’r mit seine letzte drei Fiaß am Kripples-Gartazau. Johr für Johr.

Natürlich hent mir Weihnachta früher au kaum vrwarta könna, obwohl’s mit de Gschenk it weit hergwea ischt. I hau jedes Johr a Hemmed kriegt. Oi Johr für da Sonntig, dann für da Werktig. Aber uf Brötla sem’mr natürlich scharf gwea. Sellamol hot’s no it ’s ganz Johr Schoklad und Schleckzuig gea. Und Brötla erscht am Heiliga Obed! Dr Frau D. in Altsteußlinga hent ihre vier Buaba de meiste Brötla scho in dr Adventszeit weggfressa. Wo se's au vrsteckt hot, dia Hurabuaba hent's gfunda. Bis auf oi mol. Doo hot se s absolut sichere Vrsteck ausgmacht: d'Saukista, dees latschige Gstellasch, in dem d'Baura ihre junge Saua auf da Markt brocht hent. – Saukistlesbrötla! Wia se gschmeckt hent? Sau-mäßig guat.

Landeier im Schwitzkasta

Früher – und sooo lang ischt des no it her – hot ma vill später als heutzutag da Duft von dr groẞa, weita Welt gschnupperet, von dr leichta, dr seichta, dr gfährlicha – wia au immer. Aber irgendwenn isch halt amol soweit.

I be domols auf ma Kurs gwea in Hohaheim, bekanntlich a Vorort von Stuagert, von unsrer Landeshauptstadt, unserer honoriga. Dr Walter, a Kurskolleg, koi Leuchte, aber mit gewisse einschlägige Erfahrunga, hot uns ständig vom a bestimmta Lokal in dr Altstadt vorgschwärmt. Ebbes für Genießer. Allererste Sahne. Er hot uns ganz vrruckt gmacht.

Eigentlich hem'mr jo koi Zeit ghet für so außerschulische Bildungsvranstaltunga. Eigentlich! Aber obwohl oi Klausur de ander gjagt hot, send immer wieder oine spät obends für a paar Stund vrschwunda. Klausur hin, Klausur her! I war bei de erste. Zu viert sem'ma loszoga. Mit dr Stroßabah. Und komischerweis hent mir, wia au dia Kerle nooch uns, des besagte Haus auf Anhieb gfunda. Irgendwia hent so junge Hitzköpf für so ebbes a Art siebta Sinn.

Mir send also nei in dui Lokalität. Und ganz ehrlich: Mir hent a mulmigs Gfühl ghet. Alle vier hent a Bier bstellt. Der Ober hot uns agucket, als ob ma Schlangagift vrlangt hättet. Und dann hot'r uns so mickrige 0,3-Liter, so Arzneifläschla, nagstellt. Vorna, zirka sechs Meter von uns weg, war d'Bühne, 's Podium. Drhinter, im Halbdunkel, d'Musik: Klavier, Saxophon, Baß.

Noch ra gewissa Zeit ischt a sehr hochsommerlich gekleideta Dame auftretta. Se ischt a bißle umanandertanzet, hot mit de Hüfta gwacklet, und irgendwenn hot se dann agfanga, oba dia Stützen der Gesellschaft zu lockern, langsam, vrspielt zerscht, um dann mit oim Ruck dia ganze Herrlichkeita zum entfessla und auf ihr Publikum buchstäblich hinabfließen zu lassen.

Uns send fast d'Auga rausgfalla! Dees also wartet se, dia ... dia ... na ja! No nia hem'ma so ebbes gseha ghet! Fernseha hent sellamol erst Privilegierte ghet, und wenn dees halbnackede Weiber zoigt hätt, noch wär in Deutschland 's erste Mol überhaupt a richtiga Revolutio ausbrocha. Heut wisset se in dr Krabbelgruppe scho meh von dene Sacha wia mir domols mit zwoiazwanzge.

Mir send also vor unsere Fläschla gsessa und hent auf d'Bühne glotzt, wo dui Jungfrau, bloß mit klatschmohnrote Fingernägel und mit ihre Dinger do bewaffnet, des Tingeltangel abzoga hot. Zmol hocket so a hausoiges Mädle bei uns am Tisch, halba aus- und halba anzoga, und grinst uns frech a: „Na, ihr Landeier?“ Se hot uns glei richtig eigschätzt. Für weitergehende Aktivitäta unsererseits hot se koine Chanca gseha. Drum hot se uns oifach hintarum, gewissermaßa rhetorisch, in Schwitzkasta gnomma. „Wer trinkt denn Bier in so einem Haus?!“ Und scho send fünf Gläser Champagner doogstanda. Widersprecha

hem'ma it trauet, weil ma von dene Gepflogaheita in so Häuser koi Ahnung ghet hent. Dui Zusel hot dann kräftig losprostet aufs Wohl der Gäste des Hauses, und mir hent bremst, so guat's ganga ischt.

Nooch dr zwoita Flascha Champagner, am Schluß von dr dritta Vorführung, hem'ma d'Rechnung vrlangt. De ganz Zeit scho ischt uns dui Zahlerei wia a Stoi im Maga glega. Wega dem hem'ma dia erotische Pretiosa auf dr Bühne gar it so unbeschwert genießa könna. Dr Geheime Rat Goethe hot scho gwißt: Ein gesunder Mensch ohne Geld ist halb krank. – Und jetzt d'Rechnung! Was doo wohl rauskomma werd? A Fläschle Lagerbier hot sellamol dahoim a Mark oder 90 Pfennig kostet. A halber Liter! Mit ma gewissa „Busazuaschlag" hem'ma jo grechnet. Aber was dann auf dem Zettel gstanda ischt, hot uns doch erschüttert. Runde 600 Mark, summa summarum.

Zu dritt sem'mr zum Kassasturz aufs Clo gschlicha. Oiner hot d'Stellung ghalta. Ergebnis: niederschmetternd, wia erwartet. Unser Barschaft hot it groicht. Bei weitem it! Was dua? Dr Franz hot Barscheck drbei ghet. Scheckkarta hot's doo no koine gea. Ob dia an Scheck nemmet? Noi, hot dr Ober gsait, Scheck käme it in Frog. Er hot zwoi Herra ghollet, vrmutlich da Gschäftsführer und an Gorilla. Dr feinere von dene zwoi hot uns erklärt, daß er nur Bargeld akzeptier und daß ma eba entsprechend Kohle mitnehma müss, wenn ma in a Lokal gang. So a Lettagschwätz! Kohle! Hättet mir scho mitgnomme, wenn ma ghet hättet! Doo isch mir 's erste Mol klar worra, worum mei Mudder immer gsait hot: Geld wills dunkel hau.

Mir waret in ra scheußlicha Lag. Dia Herra hent uns unmißvrständlich klargmacht, daß mir uns was eifalla lassa sollet. Aber mir hent für da Restbetrag halt bloß Scheck anbieata könna. Angst hem'ma ghet. Der Gorilla mit seine Bärapratza hot uns koi Sekund aus de Auga glau. Ma hent mit'm Schlimmsta grechnet. An de Nebatisch send d'Leut aufmerksam worra. Wo d'Spannung langsam unerträglich worra ischt, hot des Mädle dem feina Pinkel ebbes ins Ohr gflüsteret. Und dann hot'r zmol an Scheck akzeptiert. Vrmutlich hot'sm gsait, daß dia Scheck von so Landeier normalerweis deckt seiet.

Mit dera Scheckzahlung waret mir aber no it aus'm Schneider. Unser gesamte Barschaft hot nämlich grad no für oi Fahrkart noch Hohaheim groicht. Mit'm ersta Liniabus hem'ma da Franz losgschickt. Normalerweis hent Spätheimkehrer in dr Akademie so lang Stoi an d'Fenster naufkeia messa, bis oiner ebbes ghört hot, aufgstanda ischt und unta im Foyer an Flügel aufgmacht hot. An dem Tag hot dr Franz auf alle Vorsichtsmaßnahma vrzichtet und im Altbau bei de Mädla glopfet. Dia send paterre glega. Wenn mn vrwischt hätt, wär's Urteil klar gwea: Todesstrafe, dann wär'r unweigerlich gfloga. Dia Mädla hent'm seine lautere Absichta abgnomma. So hot'r schnell 's notwendige Kleigeld organisiera und uns in dr Stadt abhola könna.

Des also war mei nicht ganz unproblematischer erster Ausflug in die große Welt.

Johrzehnte später be ne wieder an des Abenteuer erinneret worra. A Kunde hot me agrufa und a halbs Dutzed Euroscheck sperra lau wella. Sei Frau häb'n in Paris in a Bar gschickt, und doo sei er brutal erpreßt worra. Ja, ob'r d'Scheckkartanummer drufgschrieba häb? Ja, häb'r. Noch ischt nix z'machet, hau'ne dem guata Ma saga messa.

Am andera Tag hot sei Frau agrufa und de gleich Story verzehlt. I hau natürlich alles glaubt! Dann hot se ultimativ vrlangt, daß ma ihne dia Scheck wieder gutschreib. Se hot's oifach it fressa wella, daß des noch de EC-Sonderbedingunga it goht. Schlieaßlich

hot se gschriea, wenn's so it gang, noch soll's eba d'Bank traga, dui häb scho gnuag an ihne vrdienet. Wenn ma ihne it entgegakomm, däbet se alle Konta auflösa.

Sottige Kunda mag ma. Dia wo oim ständig vorrechnet, was ma an ihne scho verdienet häb, machet alle bloß Scherereia. Und drufzahla duat ma bei dene au. Aber 's ischt jo scho a Frechhoit, goht do oiner z'Paris in so a Rotstichlokal, und noch sollet's andere zahla!

I hau also dia Scheck komma lau. Se waret mit Stempel übersät. Aber adressiert waret se an d'Firma – jawoll: Firma! – „Le Canard", also die Ente. Nun hot jo alles Französische an gewissa erotischa Tatsch. Des „Le Canard" aber hot so eideutig warm und woich klunga, daß koine Zweifel über dui Bar möglich waret.

I hau jo einschlägige Erfahrunga ghet von sellamol. Aber was macht ma in so ma Fall? Zufällig hau ne a Ehepaar kennt, wo in Paris drbei gwea ischt. Dia hau'ne ganz diskret, ganz unvrfänglich gfroget. Und dia hem'mr vrzehlt, daß an oim Obend – und des war genau der! – a Opernbesuch auf'm Programm gstanda ischt. De besagt Frau war zu knickig zum Mitganga, und ihn hot's, wia einige andere Ma au, it intressiert. Dui Männerclique hot a Kontrastprogramm im „Le Canard" vorzoga. Und doo hot der Ma für alle zahlt – und hot sich nochher von jedem 's Geld bar erstatta lau. Als Taschageld! Sei Frau hot'n, wia jeder gwißt hot, ganz kuuz ghalta. – So brutal ischt der in Paris erpreßt worra! Und mir hättet's zahla solla!

Übrigens: 's Konto bestoht heut no.

Allerhand Zeitgenossa

Dr Mensch stammt vom Affa ab – a paar jedenfalls. Wenn ma dene ihren Stammbaum zruckverfolgt, landet ma irgendwenn im Urwald. Bei dene ischt a Bruch in dr Evolutio. Wer ständig mit Leut zum dua hot, mit Kunda, Klienta und Patienta, wird des bestätiga.

I denk doo an a paar ganz Hagabüchene. Da Jakob zum Beispiel. Mir hent'n bloß Pavian ghoißa. Der Kerle hot sich ständig kratzet. Meistens in dr Woll, gelegentlich amol im Gnick oder am Hals. Doo hoscht immer denkt, jetzt fangt'r gau no a fitscha, und wenn's am Stubabüffee ischt.

Woiß dr Kuckuck, was den immer bissa hot! Sei Mähne war no ziemlich dicht. Auf koin Fall aber hätt sich a Laus auf Dauer halta könna. Ma hot au it gseha, daß'r räudig gwea wär oder daß'r Krätze ghet hätt. I woiß wirklich it, was den allaweil gjuckt hot. Mit dr Zeit hot's oim selber bissa. Überall. Als ob ma Häsläus hätt. Am ganza Leib hättest de kratza könna. Dui Scherrerei ischt ansteckend wia Pest oder Cholera.

I hau oft denkt, was duat der eigentlich no außer kratza? Was ka der no dua? Vrheiratet war'r schlieaßlich au.

Später bin e zu dem Halbaffa bloß no, wenn i nochher glei hau unter Dusche könna. Noch so ra

Kratzorgie kascht 's Zuig bloß no mit spitze Finger alanga. Doo eklet de alles a. It amol meh aufs Clo wär i ohne duschet. Vom Essa will i gar it schwätza.

Dr Herr M. war von ra andara Sorta. Der hot ständig seine Finger schnella lau. It oin, noi, alle dr Roiha noch. Zeah hinteranander. Runde um Runde: dack, dack, dack ... wia Revolver mit Schalldämpfer oder wia Vorschlaghammer auf Backstoikäs.

Normalerweis goht's jo a Zeitlang, bis ma's wieder kracha lau ka, wenn ma seine Finger aus dr Pfanna grissa hot. It bei unserm Spezialista. Der hots all paar Minuta schnella lau könna. „Sia reißet sich scho no da Arm raus", hau'ne amol zu'nm saga messa. Doo hot'r gmoint: „Und wenn – i hau jo no oin." Was witt doo saga? Am lieabsta dädest'n so auf seine Griffel naufhaua, daß für ewig auskrachet wär.

So a Vrhalta ischt vrmutlich genetisch bedingt. Sonscht könnt ma dene Kerle ihra Manie austreiba. Dia leidet an dr Zivilisatio. Dr Schlüssel zu ihrem Macka liegt aber – wia gsait – im Urwald.

Dr Christian hot ununterbrocha an seine Händ rum g'ropfet. Irgendwo hot'r immer a Häutle oder a Nagelwurz gfunda. Und noch hot'r g'ropfet und zopfet und bohret. Öl hot'r meines Wissens nia gfunda. Aber gelegentlich hot's blutet.

Doo hockescht mit so ma Menscha am Tisch, hoscht de intensiv vorbereitet und witt'm in bester Absicht klarmacha, worum er jetzt für sei guats Geld langlaufende Dollar-Optionsschei kaufa sott. Und dann woißt der nix Bessers zum tua als seine Brotwurstfinger schäla! A ernsthafts Gspräch kascht doo it führa. Dui Zopferei macht de verruckt. Aber da kascht'n jo it an

Gosch na haua! Wenn'r wenigstens a halba Stund Händscha anzieha oder seine Händ in Gotts Nama in Hosasack schieba dät! Aber dees trauescht it saga.

Weit vrbroitet ischt a ganz bestimmte Spezies von Hundebesitzer, a Unterart vom Homo sapiens. Während'm Gspräch dent se ständig ihren Beffzger streichla, kraula oder tätschla. Und nochher ziehet se mit dene Hundshänd da Rinderbrota aus'm Backazah hinta links. Gelegentlich streichlet dr Hund au 's Herrle. Bloß machts der mit dr Zunga. Als Nichthundebesitzer krieagst doo Zuständ. Bsonders, wenn dann der Struppi no um deine Fiaß streicht, mit'm Schwanz deine Hosa ausklopfet, sein schwera Kopf plump vrtraulich auf deine Knui legt, als wärest dr Hausfreund, und mit seine Wasserglasauga schläfrig in Fernseher blinzlet. A großartigs Arbeitsklima für Hundeallergiker!

Obwohl du scho fast an dr Decke hangest, greifet dia Hundling it ei. Se saget bloß all paar Minuta: „Der macht nix, der ischt jo sooo lieab. Gell, Struppi? Jaaa." Und wenn da dann gohscht, bestätiget se: „A wirklich hochintressants Gspräch", und gebet'r ihre Pfota.

Oi so a Viech isch mir in bsonders schlechter Erinnerung. A scheußlicher Köter, a Kreuzung aus Riesaschnauzer und Moschusochs – sage jetzt halt amol. Auga hot'r koine ghet. Bloß Simpelsfransa, so dicht wia Theatervorhang. I hau aber immer des unbestimmte Gfühl ghet, er ziel auf mei Gurgel. Entsprechend hau'ne mi vrhalta.

Unter sottige Voraussetzunga sollest dann immer no nett, freundlich und zuvorkommend sei. Aber was tuat ma it alles fürs Geld!

Maulhelda

Im Wilda Westa wehrt ma sich vorzugsweis mit'm Colt; oder ma läßt de blanke Fäust flieaga. Rauh, aber wirkungsvoll. In gewissen Kreisen bevorzugt ma 's Messer. Lautlos, aber it weniger effektiv. De elegantest, de humanst und de angemessenst Vrteidigung ist aber zweifellos dui mit'm Maul. D'Zunga ka so scharf sei wia Colt oder Klappmesser.

Auf 'm Johrmarkt hau'ne amol vrlebt, wo a Bauer auf an Händler los ischt wia Metzgerhund. „Du Lump, du!" hot'rn agschriea, „du hosch me bschissa!" Der Händler ischt ganz ruhig standa blieba und hot bloß gsait: „Wenn da moischt." Dees hot den Agreifer so irritiert, daß'r im ersta Moment koi Wort meh rausbrocht hot. Später hent dia zwoi dann ruhig und sachlich mitnander schwätza könna.

A eidrucksvolla Demonstratio von Wort-Gewalt hau'ne vor Jahren erlebt. I war domols Assistent, neutraler Beobachter sozusaga. Und i hau me köstlich amüsiert.

Der Protagonist in dera Komödie war dr Albert, Schreinermoister im Hauptberuf. Er hot mit zwoi Gsella und mit ma Stift gschaffet. Außerdem war'r Darlehenskassarechner. Nebaamtlich. D'Stuba war sei Gschäftszimmer. Und dann hot'r no – oder besser: sei Familie – da Strom abglesa, d'Hagelversicherung eizoga und d'Missionszeitunga austraga. Und er war a Original, knitz, schlitzohrig – und tüchtig. Er war so beliebt wia gfürchtet, wega seiner spitza Zunga.

Dr Albert hot sei Rechnergschäft korrekt gführt. Koiner hot'm an Waga fahra könna. D'Schreinerei hot'r rechtzeitig seim Soh übergeba. Darlehenskassa hot'r weitergmacht. Dees könn er no guat. Dr Prüfungsvrband allerdings hot gmoint, akquisitorisch däb'r zwenig. Dees ghör oifach au drzua. Daß Kassa stimm und Buchhaltung, roich heut nimme.

Also hent dia Herra in Stuagert dr Verwaltung klar gmacht: Der Albert muß weg. Sei Zeit sei abgloffa. Dr Kreisreviser hätt'm des saga solla. Aber der hot Muffe ghet. Noch hent se oifach an Fremda gschickt. Und der hot priaft und priaft! Mit eisernem Griffel!

Bei dr Schlußsitzung dann send dia sechs ehraamtliche Herra von Vorstand und Aufsichtsrat doogsessa, dr Kreisprüfer, der scharfgmachte Reviser und i. Und der Reviser hot mächtig vom Leder zoga. A ganza Litanei von Beanstandunga hot'r dem Albert um d'Ohra ghaua. Auf oimol ischt alles falsch gwea, was der guate Ma johrzehntelang gmacht hot.

Der Albert hot gmoint, 's reit'n a Krokodil. Zerscht hot'r gar nix gsait, und noch hot'r gschwiega. Au de andere hent nix gschwätzt. A unerträglicha Spannung ischt überm Stubatisch ghanget im Zigarrarauch. Wo der Prüfer endlich sein Sündakatalog abghoket ghet hot, hot'r den Albert ganz unschuldig gfroget: „Herr D., wie lange wollen Sie eigentlich noch Rechner bleiben?" Hoppla, hot dr Albert denkt, doher weht dr Wind! Er hot sein Zwicker ganz vorna auf d'Nasaspitz gschoba, daß'r gut oba naus gseha hot. Dann hot'r jeden oinzelna über seine Brillagläser num gmusteret: da scharfa Reviser, da Kroisprüfer, da Max, da Done, da Beckakarl, da Heiner, da Emil und da Bruckasepp. Oimol nauf da Tisch und noch wieder zruck. Wia Großinquisitor.

Dia Ehramtliche wäret am lieabsta unterem Tisch vrschlupft. Se sind immer kleiner worra. Und der Albert hot's unerbittlich im Visier ghet. Sekundastundalang! Auf 'm elektrischa Stuhl sitza hätt it schlimmer sei könna.

Au dene Reviser isch mulmig worra. Hent mir des Rechnerle tatsächlich unterschätzt? – Dr Albert hot dia Herra bsonders lang schmora lau. Er hot eiserne Nerva ghet. Wo'nr noch gmoint hot, se seiet langsam mürb, hot'rs nomol mit ma vernichtenda Blick gstrofet und drbei da Kopf gschüttlet, als ob'r saga wett: So, so, ihr wellet mi also abschießa. Doo messet'r no vill Kaba trinka. Dann hot'rs gfroget: „Ihr zwoi, wia lang wellet ihr eigentlich no Reviser bleiba?"

Dees isch gsessa! Dui rhetorisch Frog hot alle d'Stimm vrschlaga. Mit dem hot koiner grechnet ghet. Noch dem Konter war dr Fall Albert D. erledigt. Endgültig!

A paar Monet später hot dr Albert dann kündigt. Von sich aus. *Er* hot bestimmt, wenn'r goht. Dees wär nomol scheener! An Albert D. schickt ma it in d'Wüste. Der goht, wenn er will.

Dr Held von Tramin

Ende der fünziger Johr sind de erste Gastarbeiter zu uns ins Ländle komma. Afangs nur Italiener. Unser Hirschwirt hot da ersta beschäftigt. Rocco hot'r ghoißa, a kleiner, drohtiger Sizilianer. I ka me no guat erinnera.

Am Sonntigmittag hent'm mir Junge in dr Wirtschaft „Deutschunterricht“ gea. 's Erste, was'r hot wissa wella: was Busa hoißt. Vielleicht weil ma des am leichtesta mit de Händ demonstriera ka. Dr Karle, des Schlitzohr, hot'm weisgmacht, dr Busento hoiß auf deutsch Blumenkohl. Und der Rocco hot tatsächlich a ganza Zeitlang gsait: „Signora at molto Blumenkohl“ und drbei zur Demonstratio seine kuuze Ärm ausgfahra wia an Liebherr-Krana.

Des Wort „Schwiegermutter“ hot'r afangs au fast it rausbrocht. Er hot immer Schwierigmutter gsait. Dann aber hot'r doch erstaunlich schnell ordentlich deutsch glernet.

Ma hot sich domols a bißle von oba ra über die kleine Azurri mokiert. Daß des deutsche Wirtschaftswunder zu ra welscha Invasio führa könnt, hot sellamol koi Mensch denkt. No vill weniger hot ma sich vorstelle könna, daß Rocco und Annunziata doo bleiba könntet. Und fast hättet se au wieder ganga müssa. Und dees war so ...

Um dui Zeit rum ischt dr Ehinger VdK noch Südtirol ausgfloga. Und des glei für drei Tag. In dr Goldena Trauba in Tramin hent se logiert. Domols waret d'Leut no aspruchslos. Doo hot ma a Naßzella no als ebbes Uaständigs agucket, und a Etaga-Clo war fast scho Luxus.

Am zwoita Obend hent dia Ausflügler oin drufgmacht. 's ischt oifach so na worra. 's Essa war guat, dr Gwürztraminer süffig und d'Stimmung hervorragend. Mit jeder Minut send se besser in Fahrt komma. Wo se grad „'s Polenstädtchen" gsunga hent, kurz noch zwölfe, ischt zmol d'Tür aufganga, und zwoi Uniformierte send aufmarschiert. Energisch, mit Händ und Fiaß, hent se dene Zecher klar gmacht, daß jetzt Schluß sei. Polizeistund! Abbieata, hoißt des bei uns. Dia Schwoba hent zwar bloß bibibibi vrstanda, aber dui Gebärdensprache von dene Gesetzeshüter war eindeutig. Und dann hot's dr Wirt au no bestätigt.

Was dua? Mit oim Schlag waret se niachter. Aufhöra, so friah am Tag? Bei dera Stimmung? Oiner hot gschriea: „Ins Bett liega? Zu dem sam'mer it do ra komma. Dees könna ma dahoim billiger." Doo hot dr Hermann, ihra Boß, bestimmt: „Mir machet weiter." Zum Wirt hot'r gsait: „Wenn dia Italiano wieder kommet, noch dent Se dene alles wortwörtlich übersetza, was i Ihne sag. Wortwörtlich! Alles! Klar?"

Um halb ois send dia Carabinieri wiederkomma. De ganz Gruppe ischt no gsessa wia beim ersta Bsuch. Von Aufbruch koi Spur. Dia zwoi hent's it glauba wella. Mit so ebbes hent se it grechnet. Dia Teutona, koin Respekt vor dr Staatsgewalt!

Vor se hent ihre Säbel zieha könna, ischt dr Hermann aufgstanda und hot sich in seiner ganza Broitschaft vor dene Mandala aufbaut. „Ich bin der Polizeipräsident von Ehingen“, hot'r agfanga und mit großer Geste dene boide Störafried für'n Moment sein Vereinsausweis nagstreckt. „Mir unterstehen daheim auch die italienischen Gastarbeiter. Wenn Sie uns zwingen, jetzt ins Bett zu gehen, werde ich alle Italiener bei uns ausweisen. Alle! Ausnahmslos! Capito? Und Sie werden dafür verantwortlich sein!! Mama mia!!“

Dr Wirt hot alles übersetzt. Und bei jedem Wort send dia zwoi no a paar Zentimeter kleiner worra. Se hend kurz tuschlet mitanander, dann hent se salutiert, auf'm Absatz kehrt gmacht und abzoga.

Unsere VdKler aber hent 's Lacha grad no vrhebt, bis hinter dene Carabinieri Tür ins Schloß gfalla ischt. Noch hent se nausplatzt und gschriea vor Lacha. So an Sieg und so an Sieger muß ma natürlich feira. Und dees hent se dua. Ausgiebig. Gsunga, tanzet und becheret bis zur Erschöpfung.

Erst hintanooch isch dene Leutla aufganga, was der Hermann für die geschundene deutsche Seele, vor allem aber für de deutsch-italienisch Freundschaft im allgemeina und für dia Gastarbeiter im bsondera dua hot. Guat, er ischt wahrscheinlich it alloi verantwortlich gwea, daß später ganze Heerschara über d'Alpa noch Germania zoga send, aber er hot mit seim couragierta Auftreta sellamol, mit Härte und Gschick a Eskalatio, vielleicht au schwere diplomatische Vrwicklunga verhinderet. Wenn ma woißt, wia explosiv dia Stimmung an Etsch und Eisack domols war –

schlieaßlich ischt Südtirol bloß a zwangsweisa Schaftverlängerung am italienischa Stiefel –, wenn ma dees also woißt, und wenn ma außerdem woißt, daß de Deutsche arg ungemiatlich reagieret, wenn m'm da Hahna zudreht, noch ka ma sich leicht ausmola, daß'r mit seim Auftritt möglicherweis sogar da dritta Weltkrieag vrhinderet hot.

Dahoim hot dr Hermann dann beichtet, seim Vorgsetzta, im Landrat persönlich. Ma ka jo nia wissa! Der Landrat hot zeerscht gschmunzlet, dann aber sei respekteiflößenda Amtsmine aufgsetzt und gsait: „Oimol ka ne dees durchganga lau. Oimol! – Mir hent uns vrstanda!“

So ischt im nachhinein dui patriotisch Großtat vom Hermann weitgehend legalisiert worra. Aber dui ganz weltpolitisch Tragweite von dem wahrhaft staatsmännischa Auftritt zur Goisterstund in dr Trauba in Tramin hot au dr Landrat it erfaßt. Dees war a Sternstunde, vrgleichbar mit sellem 18. Juni anno 1815, wo a gschlagener Blücher gega da Napoleon nomol entscheidend in d'Schlacht bei Waterloo eigriffa hot.

Er hot koi Denkmal krieagt, der Hermann, und koin Orda. Er wird's vrschmerza. Wenn ma aber bedenkt, was für Kerle scho da Friedensnobelpreis krieagt hent ... Noi, mir ganget schäbig um mit unsere Helda. Bloß dr alt Traubawirt aus Tramin vrzehlt heut no begeistert vom groß a Auftritt des „Polizeipräsidenta“ von Ehingen.

Hüttazauber

Scho einige Krautherbst ischt's her. Mir hent domols a Wanderung gmacht durch Vorarlberg und 's Montafon, von Hütte zu Hütte. Fünf Ehepaar. Vorbstellt war nix. Mir hent uns aufs Glück und auf da Herrgott vrlau. Auf dr L.-Hütte war alles voll belegt. Mit Schinda ham'ma no a mickrigs Quartier krieagt im Juchhe doba. Aber egal, Hauptsach, a Dach überm Kopf! Noch acht Stund bergauf und bergab dät ma au im a Amoisahaufa schlofa.

Noch'm Nachtesssa und noch ma Glas Grüna Veltliner sam'ma ins Heu ganga. Dr Wirt hot no gmoint, wenn ma 's Fenster aufmachet, solla ma Tür schlieaßa, sonst däbs zieha do doba.

Unser „Schlofsaal“ war eng und muffig. Oi gotzigs Fenster hot'r ghet, ganz oba im Giebeldreieck, an dr hintera Wand. Mit ma Kipphebel am a Alugestänge hot ma's von unta auf- und zumacha könna. Dr Kurt hot drauf bestanda, daß des Fensterle offa bleibt, sonst däb er vrsticka mit seiner chronischa Bronchitis. „Auf koin Fall!“ hot Gundrun drgega ghalta. „I hau so empfindliche Stimmbänder. A bißle a Zug, und i bring koi Wort meh raus.“

Dia zwoi hent sich richtig in d'Woll krieagt. Schlieaßlich hot sich d'Gudrun durchgsetzt. Wia immer. 's Fenster ischt zuablieba. Bei sottige Ausanandrsetzunga hent d'Ma immer schlechte Karta. Gega weiblicha Logik, weiblicha Stimm- und Wasserkraft send se machtlos.

Wo alle gschlofa hent, ischt dr Kurt leise aufgstanda und hot Tür vorsichtig zua- und 's Fenster aufgmacht. Aber d'Gudrun hot's ghört. Se ischt rausgsauet, hot da Kipphebel wieder naufdruckt und Tür aufgrissa. Dees wär nomol scheener!

Dr Kurt hot kochet. Was dua? Er hot a halba Stund gwartet, bis wieder alles ruhig gwea ischt, und hot's dann nomol probiert. Fenster auf, Tür zua. Aber dees Menschle hot's wieder ghört. Se hot'n abellet, was ihm eifall. Dees könn'r mit andere macha, it mit ihr! Noch hot se da Kipphebel naufghaua, daß de ganz Bude gschepperet hot, und Tür wieder aufgrissa.

Beim vierta Mol Fenster auf, Tür zua – Fenster zua, Tür auf hent se anander fast am Kraga packt. Se hent an Krawall gmacht, daß 's ganze obere Lager aufgwachet ischt und dia Idiota mit ihrer blödsinniga Streiterei fast nauskeit hätt. Noch isch 's Fenster zuablieba. Endgültig! Bis am Morga!

Wo's noch hell wora ischt und dr ganz Haufa so dreiviertels wach in Tag nei trialet hot, ischt zmol a Schmetterling zum Fenster rei gfloga. Zum gschlossana! – Dees hot jo komma messa! Und wia auf Kommando hot de ganz Blos schallend nausglachet. Dr Kurt ischt kreidabloich wora und hot gjomeret, daß'r jetzt scho beim offana Fenster fast vrsticka däb. D'Gudrun hot sich blitzschnell überlegt, ob se jetzt hoiser sei müßt. Se hot a paar vrlegene Huster dua und ischt dann über den Hüttawirt loszoga, über den

Spitzbuaba. Den däb se richta! So a Unvrschämthoit! Dees laß sie sich it bieata!

Nooch dr Morgatoilette send alle na zum Essa. Und do hot dui Gudrun den Wirt agfahra wia a Wildkatz. Aber der, a gstandes Mannsbild, a hagebuches, hot se ruhig schimpfa lau. Noch hot'r grinst: „Was wellet'r denn? Jetzt hau'ne extra unta an Kipphebel namacha lau, daß koiner meh naufsteiga muß und womöglich no rafällt. Und sicher hent'r jo au bloß gstritta heut nacht: Fenster auf, Fenster zua. Fenster auf, Fenster zua! Alle ka ma's nia recht macha! Und wenn'r gschlofa hent und tatsächlich it gstritta – ja noch isch doch alles wunderbar!"

Aber d'Gudrun hot'n agiftet: „Worum hent Se noch gsait, ma sollet d'Tür zumacha, wenn's Fenster offa sei, weil's sonst zieha däb?"

„Ja sonst hättet'r jo doch no gmoint, sei it amol a Scheib dinna."

So vill hinterfotzige Dialektik hot sogar dr Gudrun d'Stimm vrschlaga. Schlieaßlich hot se halt au mitglachet. Dees hent ihre Stimmbänder grad no hergeba.

Dienst lei stung

De ganz westlich Welt sei auf'm Weg in a Dienstleistungsgsellschaft. Mir Deutsche seiet no a bißle hinta da. Mir messe da tertiära Sektor, also da Dienstleistungsbereich, stärka. Dees schaff Arbeitsplätz. – Saget eisere Gscheide.

I hau doo meine Zweifel. Vor kurzem hau ne me in China umgucket – auf oigene Kosta natürlich. Was i doo gseha hau, hot mr doch zum Denka gea.

Dia Chinesa hent no – gmessa am mitteleuropäischa Standard – a arg unterentwicklata Toilettakultur. Von dr Sauberkeit will i jetzt gar it schwätza. Ehrlicherweis muß ma jo saga, daß de chinesische Klo bei uns au koi Thema send. Ma lobt höchstens de chinesisch Kuche – allerdings bloß dia, wo China halt aus'm Baedeker kennet oder a Hundeschnitzel it von ra Schleimsuppa unterscheida könnet.

Zruck zu de Klo. Doo kommst also nei in so a Bedürfnisanstalt und bist zerscht amol ziemlich vrdatteret. Über halbhohe Trennwänd naus gucket Köpf oder au ganze Oberkörper. De letztere ziehet meistens grad a Hos nauf. Im ersta Moment moischt, da seiest auf dr falscha Vrsammlung. Aber da schmecksch noch bald, daß da doch richtig bist.

Bei de Dama ischt oft bloß a Loch im Boda – hygienisch eiwandfrei, aber a bißle ukommod. Und über dem Loch, in dr Klozella, standet se, dia Mühselige und Beladene. Und älles, was über ugfähr neunzig Zentimeter naus goht, stoht – wia gsait – im Freia. Und dia, wo hinta wartet, gucket und loset, ob dia dinna au alles richtig machet. 's ischt fast wia im alta Rom. Doo waret dia öffentliche Bedürfnisastalta au Kommunikationszentra, bis'm dr Kaiser Vespasian mit seim „Pecunia non olet" drfür dua hot.

Mir brauchet uns aber it mokiera über dia Chinesa. 's ischt no gar it so lang her, do send mir au no über da Donnerbalka g'rutschet. Und im Jòhr 1697 hot dr Gottfried Wilhelm Leibnitz scho gschrieba: Es ist nämlich mit Worten nicht zu beschreiben, wie sinnreich bei den Chinesen ... alles angelegt ist auf den öffentlichen Frieden hin und auf die Ordnung des Zusammenlebens der Menschen.

I will drum au gar nix über dia chinesische Volks-Klo saga. Mir goht's um de feine WC in de bessere Hotel. Wichtig vielleicht no: D'Klofrau in China ischt in de Herra-WC a Klo-Ma. Da gohst also nei in so a Klo und wirst vom a netta Chinesa mit ma überaus freundlicha Lächla und mit ma königlicha Bückling begrüßt! Der Lächler loht de koi Sekund aus de Auga. Da witt grad da Hosalada zuamacha, scho fluigt'r drher und betätigt d'Wasserspialung wia wild. Da vrschrickst richtig. Bei uns wär dees a Eigriff in d'Intimsphäre. Fehlt bloß no daß'r ... also wirklich, meh braucht'r nimme dua! Aber er moint's natürlich guat, dr Herr Wang.

Wenn ma da Schock einigermaßa überwunda und da Hosalada zua hot, marschiert ma zum Waschbecka. Aber doo stoht au scho dees Male, grinst übers ganz

Gsicht wia Buddha und loht dienstbeflissa 's warme Wasser laufa. Dann zieht'r oim zum Soifaspender, schaltet da Siemens Warmlufttrockner ei und überreicht oim – jawoll überreicht! – Handtücher, gelegentlich sogar mit Stäbla, ois, zwoi ... sovill ma will. Dees Ganze ist a Kulthandlung. Dia Klochinesa zelebrieret dui Rundumbetreuung in dr Toilette buchstäblich wia Hochamt.

Schlieaßlich wird ma mit mindestens einem halba Dutzet Bückling vrabschiedet und mit ma Lächla, als ob ma an 100-Dollar-Schei ins Schäle glegt hätt und it oin gotziga Yuan, ugfähr 20 Pfennig. Bei mehr als oim Yuan hört's gar nimme auf mit Bückling. Aber au wenn ma grad koi Kleigeld drbei hot, geit's zum Abschied Bückling und Lächla auf chinesisch.

Dees ist Dienstleistung, dees ist Service! Gnaugnomma isch dees scho Heldaverehrung! Also dees könnet se oifach, dia Chinesa! 's Buckla, 's Frohna und 's Maulhalta hent se glernet in über 2000 Johr Gottkaisertum und dann beim no göttlichera Mao. Mir send doo zu emanzipiert. Außerdem wäret mir bei dene Bückling bandscheibavorfallgefährdet. Dees dät no fehla! Dann scho hundertmol lieaber an Tennisarm!

Weder 's Diena noch 's Leista stoht bei uns hoch im Kurs. Natürlich wellet mir gehobene, aspruchsvollere Dienstleistunga erbringa. Aber wer de oifache it ka ... D'Chinesa könnet's. Und dees send immerhin 1,2 Milliarda Männlein und Weiblein. Und dia könnet no meh wia bloß 's Klo putza ...

Der Doktorpfarrer

Er war Pfarrer, Kammerer, Dekan, Imker, Organisator – besser: Organisierer – und Original. Sein Name: Johannes König, Doktor Johannes König. Als er mit einer Arbeit über den „Lazarus von Schwendi" seinen Doktor gebaut hatte, fragte ihn der Bürgermeister seiner damaligen Pfarrgemeinde: „Jetzt wird ma Herr Doktor saga messa?" Seine Antwort, kurz und schnoddrig, wie es seine Art war: „Pfarrer geit's gnuag." – Damals konnte man das noch sagen.

1901 kam er in Schwendi zur Welt. Nach Studium und einigen Vikarstellen landete er 1935 als Pfarrer in Kirchbierlingen, in der „Narrigen Pfarrei", wie sie überall genannt wird.Und er blieb dort, 33 Jahre lang, bis zu seinem plötzlichen Tod 1968. Er starb, wie er gelebt hatte: schnell und ziemlich ungewöhnlich, im Bus, an einem Herzinfarkt auf einer Berlinfahrt. Wer stirbt schon im Bus?

Dr. Johannes König, zwei Drittel Seelsorger, ein Drittel Roßhändler und Globetrotter. Schon als Reisen noch ein Privileg war, eroberte er die halbe Welt, Rom, Jerusalem und alle bekannten Wallfahrtsorte. – Jahrelang war er Bienen-König, Kreisobmann der Imker. Er herrschte über ein Imperium von 50 eigenen Bienenvölkern und watete förmlich im Honig. Aber so geschäftstüchtig er war – wenn er eines seiner

Schäfchen in Gefahr wähnte, setzte er Himmel und Hölle in Bewegung, um das Gefährdete zu retten.

Unzählige Anekdoten ranken sich um seine Person. Als seine Bauern wegen anhaltender Dürre um Regen beten wollten, meinte er zweifelnd: „Erst wenn dr Barometer wieder zruck goht."

Als einige Frauen dasselbe Anliegen vorbrachten, wimmelte er ab: „Wenn Weiber um Rega bettet, duat's höchstens an Pflatschrega."

Ein Mann beichtete: „Ich bin unmäßig gewesen im Trinken." Sein Kommentar durch das Beichtgitter: „Rausch ghet! Weitermacha!"

Ein junger Hochzeiter hatte beim Polterabend einen über den Durst getrunken. Seine Schwiegermutter in spe machte ihm klar, daß er jetzt vor der Hochzeit noch einmal beichten müsse. Der junge Mann aber wollte sich erst beim Pfarrer erkundigen. Der fragte ihn: „Bist bewußtlos gwea?" – „Noooi!" – „Noch brauchst au nimme beichta."

Als er zu einem Sterbenden gerufen wurde und die Angehörigen weinend herumstanden, donnerte er: „Bettet! Dees isch gscheider! Dr Großvatter braucht koi Fahrwasser in d'Ewigkeit."

Hin und wieder entwickelte er einen recht kruden Humor. Aus unerfindlichen Gründen kam er einmal zehn Minuten zu spät zum Gottesdienst. Sein Vikar hatte am Hochaltar pünktlich begonnen. Den vorwurfsvollen Blick der Mesnerin zur Uhr beantwortete er kurz und trocken: „Den holle scho no ei." Tatsächlich beendete er die Messe am Seitenaltar als „Sieger". Und über den „unterlegenen" Vikar mokierte er sich süffisant: „Der Langweiler!"

Nach dem Krieg ernannten die Franzosen auch in Kirchbierlingen einen unbelasteten, neuen Bürgermeister, einen einfachen, redlichen Bauern, dem die große Welt völlig fremd war. Wie seine Kollegen, hatte auch er seine liebe Not, Unterkünfte für die vielen Vertriebenen zu finden. Eines Tages kam wieder eine Gruppe Flüchtlinge aus dem Osten. Der Schultes verzweifelte fast, bis er die ziemlich renitenten Fremden bei Familien im ganzen Dorf untergebracht hatte. „Bist ein guter Bürgermeister", lobte ihn eine Frau. Dieser, am Rande des Wahnsinns, knirschte zurück: „Wirsch me scho no kennalerna." – Als er endlich für alle ein Quartier gefunden hatte, konnten die „Flüchtlinge" das Lachen nicht mehr unterdrücken. Sie legten ihre Verkleidungen ab und redeten wieder ganz normales Pfarrei-Schwäbisch, sehr zum Ärger des düpierten Bürgermeisters. – Die Posse mit der Herbergsuche aber hatte man im Pfarrhaus ausgeheckt.

Dr. König war Studienkollege des Bischofs Josef Leiprecht. Beide Mercedes-Fahrer. Bei einer Wallfahrt auf den Bussen bemerkte der Bischof beiläufig: „Mir boide fahret de gleiche Auto." Darauf Dr. König: „It ganz, Josef, it ganz. Mir ghört dr meine, du derfst mit'm deina bloß fahra." – Im übrigen besaß er einen der ersten Pkw nach dem Krieg, einen alten Opel Olympia, auf den er mächtig stolz war.

Im Jahr 1936, schon kurz nach seiner Investitur, renovierte er seine Pfarrkirche von Grund auf. Damals bereits zeigte sich sein außergewöhnliches Talent, Geld einzutreiben. Er besuchte alle seine Bauern, und jedem sagte er: Von Ihne will i soviel, von Ihne soviel. Und er bekam seine Beträge fast überall.

Ähnlich ging er nach dem Krieg vor. Als in Deutschland noch niemand an neue Glocken zu denken wagte, organisierte er für seine Pfarrkirche ein neues Geläut. Damals mußten Kupfer, Zinn, Brennholz und Rohöl noch auf dem Schwarzmarkt „multilateral" beschafft werden. Mit einem Rucksack voller Reichsmark landete er eines Tages in München bei einem Mittelsmann, mit welchem er den Deal einfädeln wollte. Zwei Männer aus der Pfarrei, jeder mit einem Prügel bewaffnet, hatten ihn zur Bahn begleitet.

Für seine Glocken hätte er auch der Unterwelt den Krieg erklärt. Nach einer D-Mark-Spritze unmittelbar nach der Währungsreform waren seine Glocken, fünf an der Zahl, fertig. Die Weihe wurde zu einem Fest, zu einem Ereignis, wie man es sich heute nicht mehr vorstellen kann.

Dr. König war Pragmatiker. Zu seiner Zeit gab es noch regelmäßig Schülerbeichten. Dann herrschte Massenandrang an den Beichtstühlen. Es war im Winter, als der Schüler Ulrich als einer der letzten zur Beichte kam. Er bereitete sich gewissenhaft vor und rechnete sich dann mit Schaudern aus, daß er frühestens in eineinhalb Stunden an der Reihe sein konnte. Da ging die Beichtstuhltür auf, der Pfarrer trat heraus, nahm den Buben mit vor die Kirchentür und lockte: „Jetzt bahnest dia Wegla do rum, noch kommst glei dra." Ulrich tat wie verlangt und ging wieder zurück in die Kirche. Sofort öffnete sich das Fensterchen, und er erhielt vom Pfarrer grünes Licht zu Beichte und Absolution. Ob er ihm die Buße erlassen hat? Man weiß es nicht.

Pfarrer König konnte herzlich boshaft sein. Nach einer Versammlung im Hirsch sprang sein Wagen nicht an. Zwei Männer, nicht gerade seine Busenfreunde, erboten sich, das Fahrzeug anzuschieben. Schon nach wenigen Metern lief der Motor rund. Der Pfarrer gab Vollgas – und platsch! lagen die Anschieber im Dreck. Er entschuldigte sich wortreich, aber mit kaum unterdrücktem, zufriedenem Grinsen: „Oh, oh, oh, oh, hau's it so wella, it so wella."

Als freiwillige Helfer wieder einmal den Friedhof aufräumten, scharrte dort auch viel ungebetenes Federvieh von den benachbarten Höfen. Der Pfarrer brummte etwas von Hals umdrehen. Als einem Arbeiter ein prächtiger Vogel vor die Schaufel lief, machte er ihn ruck zuck einen ganzen Kopf kürzer. Ein Kollege brachte das blutverschmierte Viech ins Pfarrhaus und meldete, es sei einem ruchlosen Attentat zum Opfer gefallen. Erfreut lieferte der Pfarrer den massakrierten Kikeriki in der Küche ab. Nach einer Weile kam er ganz belämmert wieder zurück und jammerte: „Dees war der unsere. A Zuchtgockeler. Isch teuer gwea, arg teuer." Er soll trotzdem – von seiner Schwester Helene, der Pfarrhauserin, zubereitet – vorzüglich geschmeckt haben. Apropos schmecken: Der Pfarrer produzierte jedes Jahr einen exzellenten Apfelmost. Sein Hohenastheimer war berühmt weitum.

Berühmt war auch seine Schlagfertigkeit – und gefürchtet. Gelegentlich fand aber auch er seinen Meister. Die „Pfarreiler" pilgerten jedes Jahr nach Maria Einsiedeln. In Zürich wurde Station gemacht. Einmal fehlte der alte G., als man weiterfahren wollte. Eine Suchaktion blieb erfolglos. Der Pfarrer entschied schließlich, die Wallfahrer sollten weiterfahren, er werde warten, bis der Alte wieder auftauche. – Aber er tauchte nicht mehr auf. Nach zwei Stunden nahm Dr. König ein Taxi und fuhr seinen Leuten nach. In Einsiedeln wurde er von seiner Gruppe schon sehnlichst erwartet. Und vom alten G. Voller Zorn wollte er den Alten abkanzeln. Aber der entgegnete ihm in aller Ruhe: „Was wollet Se denn, Herr Dokter, i be doch vor ihne do gwea."

Dr. Johannes König, die Pfarrer-Legende, ist in der „Pfarrei" immer noch sehr lebendig – möglicherweise ein bißchen nostalgisch verklärt.

Viechereia

Spätestens seit Ochs und Esel z'Betlehem da Stall gwärmt hent, bestoht a bsondera Beziehung zwischa Mensch und Ochs ... pardon: zwischa Menscha und Viecher. Und Chappi & Co. lebet it schlecht von eba dera Beziehung.

Unsere Bekannte hent an wunderscheena Hund ghet, an reirassiga, an Airedale. Mit de Johr hot'r Schwierigkeita ghet mit'm Schnaufa. Se send zum Tierarzt ganga, und der hot dem Hund a Spritzle vrpaßt. Dees hot a Weile gholfa. Noch hot'r wieder so a Spritzle braucht. Und d'Abständ zwischa dene Spritzla send immer kürzer worra.

Wo se wieder amol in dr Sprechstund gwea send, hot unser Bekannter gfroget, was ma dem Hundle eigentlich spritza däb. Der Dr. med. vet. hot den Ma von oba bis unta gmusteret – boide, Tierarzt und Hundhalter send nimme de jüngste gwea – und hot gmoint: „Dees ischt a ganz normals Herzmittel, wia in der Humanmedizin. Soll i Ihne amol ois vrpassa? Ihra Frau dät sich freua." – Der Ma hot gwißt, von was'r schwätzt.

Dr Onkel Paul ischt mit'm Klaus in d'Wilhelma ganga. A Geburtstagsgschenk. D'Affa hent's dene zwoi bsonders adua ghet. Bei de Pavian mit ihre rosarote Hintera hent se sich königlich amüsiert.

Oiner von dene Komiker hot a groß Gschäft macha messa, und 's hot oifach it klappa wella. Er hot sich verlitta und verrenkt wia Bodaakrobat. Zum Schreia! Da Onkel Paul hot's schier verrissa vor Lacha.

Irgendwenn hot der Aff dann doch sein Haufa gsetzt ghet. Und dann ischt'r rumgfahra wia dr Blitz, hot a Handvoll so Dreck gnomma – er hot grad de richtig „Konsistenz" ghet, it z'woich und it z'fest –, und schneller wia dr Onkel Paul hot gucka könna, hot'rm a Ladung – und was für oina! – an Ranza na gworfa. Sei Hemmed hot ausgseha wia ... ja, wia vom Affa vrschissa. Jetzt ischt dr Onkel Paul dr Aff gwea. Doo hot'r begreifa messa, daß ma au an Affa it ugstroft zum Affa macha ka.

Dr Lorenz K. hot drei Beruf ausgübt: Schuhmacher, Landwirt und – Molkerechner. Oimol im Johr ischt dr Revisor komma und hot Abrechnunga und Buchführung prüft. Und immer zu ra ugschickta Zeit. Entweder hent in dr Kass grad a paar Mark gfehlt, oder dr Kontokorrent hot it gstimmt. Kleinigkeita. Aber dia zwoi hent drum immer a gspannts Vrhältnis ghet zuanander.

Oimol ischt'r mittla im Heuet komma, dr Herr Revisor. Dr Lorenz und sei Frau hent aber naus messa zum Heua. De boide älteste Kinder hent se mitgnomma. 's Berndhardle, zeah Monet alt, hot im Laufställe gschlofa. „Wenn'r aufwachet und heulet, derfet S' m bloß da Zapfa gea. Noch ischt'r zfrieda", hot d'Frau K. zum Revisor gsait, bevor se ganga send.

Kaum ischt d'Familie dussa gwea, ischt des Bernhardle aufgwachet, hot sich d'Auga grieba, dea fremda Herra gseha und losbläret. Der Ma am Stubatisch ischt aufgstanda, hot über da Tisch num noch'm Zapfa glanget und – „Rrrrrrrrr...!" Dr Arco, dr Haushund, ischt unterem Sofa fürre gschossa, an Polsterstuhl umgsauet, sich vor dem Revisor aufbaut, gfaucht, gmarret und 's Gebiß bleckt wia sibirischer Tiger.

Der guat Ma isch z'tot vrschrocka. Er hot sich nimme bewega traua. Sobald er bloß a bißle nochganga ischt, hot'n dr Hund wieder agfahra. Erst noch ra ganza Weile hot'r sei Hand könna zruckzieha, langsam, gaaanz langsam, Zentimeter um Zentimeter. Nasitza hot'r nimme trauet. Und des Bernhardle hot gschriea wia am Spieaß. Der Reviser ischt wia vom Blitz troffa am Tisch ghanget, und dr Arco hot „Rrrrrrr" gmacht und Zäh gfletscht, wenn'r gmoint hot, daß notwendig sei. Normalerweis ischt des Viech jo handzahm gwea wia Milchschof. Aber was a richtiger Hund ischt, kennt alle dia Kerle, wo sei Herrle it leida ka, und woißt, was'r zum dua hot.

A gschlagana Stund ischt der Prüfer an dem Tisch meh ghanget als gstanda, weiß wia Wand und Angstschwoiß auf'm Hira. Noch send se endlich komma, dr Lorenz und sei Frau. „Ja worum hent se dem Kind koin Zapfa gea, ums Himmels Willa?" Der Kindsvatter hot des Bernhardle aus'm Laufstall gnomma, da Schnuller gea, und der Bua isch zfrieda gwea. Und dr Arco hot vor Freud gwedlet, was dr Schwanz hergea hot.

Dr Herr Reviser aber hot sich bloß langsam aus seiner Erstarrung lösa könna. Noch hot'r von seiner Belagerung vrzehlt. Wo noch dr Lorenz gsait hot: „Siea hättet dem Bernhardle da Zapfa ruhig gea könna, der Hund macht nix", do wär'r dem Molkerechnerle an Gurgel gsprunga – wenn dr Arco it gwea wär.

Mädla und Buaba

D'Frau vom Direkter L. hot endlich Nochwuchs krieagt. Noch acht Johr warta! A Gschäftsfreund hot'n teilnahmsvoll gfroget: „Hent'r an Buaba?“ – „Noi“, hot'r gsait, „a Mädle“, und drzua gstrahlt wia Glühwürmle. Der Ma hot'n trotzdem tröstet: „Nehmet Sia's it so tragisch. Wenigstens ebbes.“

Dr Daimler, dr Bosch und dr Krupp hent bloß Töchter. Juristische Persona hent halt bloß Töchter. Aber normale Leut wellet Mädla und Buaba. Gelegentlich mit aller Gwalt. Und it bloß wege'm kleina Unterschied.

Doo isch a Frau aus E. zur Entbindung in a Krankahaus ganga, weit nei ins Boyrische, weil doo in dr Regel Buaba auf d'Welt käme. – Und dees 2000 Johr nooch Christus! Früher send dia Fraua in sottige Fäll auf da Bussa gwallfahrtet, auf Oisiedla oder auf Lourdes. It immer mit Erfolg. Bei der Frau aus E. hot der Krankahauswechsel au nix gnützt. Sie hot jetzt halt drei Mädla. Schicksal. Dr Done aus V. hot noch'm vierta Bua a ganz halbs Johr nimme mit seim Weib gschwätzt. Dees ischt dann pathologisch!

Heutzutag ka ma jo fast alles macha. Ob Bua oder Mädle, hängt allerdings immer no weitgehend vom Zufall ab. Dia Geheimrezept und die verschiedene Herstellungsweisa send heut no so uzuverlässig wia früher. Um da mehr oder weniger glorreicha Familianama weiter zum vererba, braucht ma heut aber au koin Buaba meh. Seit dr Reform vom Namensrecht geits beim Heirata x Namensvariationa. Wenn d'Hochzeitsleut it vrnünftiger wäret wia dr Gsetzgeber, wüßt koi Mensch meh, wer zu wem ghört.

Dr Robert in Ö. hot vier Töchtera ghet. Und sei Annemarie ischt wieder schwanger gwea. Natürlich hent se auf'n Bua gwartet.

Kuuz vor'm Termin, am a Sonntigobed, ischt dr Robert mit ma guata Dutzet Bekannte in dr „Krona" gsessa. Zmol hot dr Sepp afanga stichla: „Und, geit's desmol an Bua, Robert?" – „Aber natürlich, was denkst du!" – „Dees hosch 's letzte Mol au gmoint", hot dr Sepp nochghoket. „Ja, 's letzte Mol!" hot dr Robert abgwunka. „Deesmol ischt a Bua an dr Roiha. Mit Sicherheit!" Se hent gfoppet und gstichlet. Rum und num. Jeder hot sein Senf drzua dua. Bua oder Mädle isch plötzlich wichtiger gwea wia de ganz Weltpolitik.

„Klara, a Runde!" hot dr Sepp nooch ma Weile gschriea. „I wett, daß wieder a Mädle geit. Und noch mußt du a Runde zahla, Robert." Er hot dem hochschwangera Vatter d'Hand nagstreckt. Und der hot eigschlaga. Noch hot'r a ganza Battrie Obstler auffahra lau. Und dann hent se agstoßa. Dr Robert auf'n Bua, dr Sepp auf a Tochter. Dann hot dr Franz a Runde keit. Au auf a Tochter. Dann dr Karle. Auf'n Sohn. Doo hot d'Wirte drgega ghalta. Oiner noch'm andara hot gwettet. De meischte auf'n Buaba. Scho noch dr Wahrscheinlichkeitsrechnung. Se hent des Kindle buchstäblich be-soffa. „Prost auf da Stammhalter! Prosit auf's Töchterle!" Noch'm achta Kuuza hent se bloß no auf a Soicherle oder a Soichere agstoßa. Noch'm zehnta hent se nimme gwißt, ob se auf Bua oder Mädle prostet, und noch'm zwölfta nimme, ob se Bua oder Mädle send. In dem Zustand hot ma an guata Schutzengel, sonst wär koiner meh lebig hoimkomma. Ganz ohne Blessura isch trotzdem it abganga.

D'Wirte hot alles genau aufgschrieba wia Buachmacher. Gschäft isch schlieaßlich Gschäft. Bsonders wenn a Fortsetzung garantiert ischt.

So an Schnapskampf ka ma natürlich bloß austraga, wenn ma it woißt, ob's a Bua oder a Mädle werd. Heutzutag vrwartet ma's jo nimme. Doo muß ma's scho noch a paar Monat gwieß wissa. Und noch ischt d'Luft hussa. Noch könnet sich dia Eltera in Ruah überlega, ob dees Butzale möglicherweis a soziala Notlage ischt.

Bei Bekannte, boides Schulmoister, ischt noch dr Geburt vom dritta Kind d'Fürsorgere komma. Dr Vadder Staat sorgt sich wirklich vorbildlich um seine Untertana. Mit drei Kinder ghört ma heut scho zu ra vrdächtiga Minderheit.

Dia Leut in Ö. aber hent sehnsüchtig auf des Kindle gwartet. 's ganze Oort. Endlich isch komma. A Elisabeth! Wieder koi Bua! Dr Robert hot's relativ locker gnomma. Mädla send au Leut, hot'r immer scho gwißt. Und normalerweis bringet se irgendwenn d'Buaba mit.

Er hot's vrwarta könna. 's sexte ischt a Bua gwea. Womit bewiesa wär, de oizig einigermaßa erfolgsversprechend Methode in dem Pokerspiel um Bua oder Mädle hoißt au heut no: weitermacha. Wia dr Robert.

Jubilare

Runde Geburtstäg muß ma feira. Je weiter se naufganget, je intressanter weret se. Früher hot ma bloß da Namenstag gfeiret, „da Tag“, wia ma auf ’m Land gsait hot, weil ma doo it jedesmol a Johr älter wird.

Mir hent vor kurzem da Sechzger gfeiret. 45 Johrgänger mit Ahang.

Vor dr Kirch hot ma sich troffa. Doo be’ne ’s erschte Mol richtig vrschrocka. Noi, stimmt it. Da größta Schock hau’ne doo scho hinter mr ghet: d’Eiladung zum Altanachmittag. Altanachmittag! Doo stohst no im besta Saft. Und noch Altanachmittag! Dees ischt, wia wenn da in a Güllaloch fällst. – Aber zruck zum Kirchplatz. Doo sam’mer also gstanda mit eisere alte Grind. Oine hent wirklich uralt ausgseha! Bsonders dia von weit her, wo ma scho lang nimme gseha ghet hot. Vom a gewissa Alter a ischt oifach ’s Make ... up. Doo hilft koi Kosmetik, koi Frisör und koi Altweibermühle. – Natürlich ischt „alt“ relativ. Wenn i doo Aufnahma von so Fester aus de fünfzger Johr aguck: alle dunkel azoga, d’Fraua höchstens mit ma kleina, weißa Krägle, d’Hoor streng zruckkämmt und an schwera Dutt im Gnick. Dees waret wirklich alte Leut, zammagschaffate. Oder no früher. Wo dr Graf Eberhard dr Greiner anno 1367 ’s erste Mol im

Wildbad kuret hot, hent'm d'Schlegler ans Leder wella. Er hot Hals über Kopf vrtlaufa messa. Dr Chronist schreibt drüber: Der fünfzigjährige Greis konnte über Zavelstein entkommen. Greis! Mit fuffzig! Also noi, doo sieht mei Johrgang scho no jugendlich aus.

Oine hent sich au guat rausgmacht ghet. Dr Marte ischt a Knicker gwea solang i woiß und a Oberschlamper. A Krawatt hot'r immer traga, dui hätt vielleicht zu seiner Unterhos paßt, aber nia zum Hemmed. Und jetzt ischt'r dogstanda wia richtiger Gentleman: dunkelgrauer, gstroifter Azug, a flotts Hemmad und a passenda Krawatt, a spritziga. „Guat siehst aus", hau'nen globt, „dees muß i dir oifach saga." – „Jo", hot'r gmoint, „dees hätt i au nia denkt, daß i amol so großzügig mit mir umgang."

Dann hot uns dr Pfarrer beim Festgottesdienst mit „Meine lieben Jubilare" begrüßt. Und doo be ne 's zwoite Mol vrschrocka. Jubilare! Do denk i uwillkürlich an mein Großvadder. Aber doch nia an mi!

Sonst hot'rs scheea gmacht, dr Herr Pfarrer. Ischt au koi Kunst. Bei uns ischt d'Welt jo no in Ordnung. Mit oiner Ausnahm send no alle bei dr Originalfrau und beim Originalma. Do kommt heut it bloß a Pfarrer ins Schwärma. Mir hent koin Faulenzer drbei, koin Säufer und koin rechtskräftig verurteilta Steuerhinterzieher. Zwoi hent zeah Kinder, und im Schnitt send mir noch heutige Maßstäb unverantwortlich kinderreich. Aber mir hent einiges dua für de deutsch Populatio. Und für unsere Rentazahler hent mir selber gsorget.

Noch dr Kirch ischt dr Fotograf komma. Mir hent uns auf dr groß Treppa am Pfarrhaus aufgstellt, und doo hot'r a Gruppafoto gschossa. Ois! Sonst isch koi Bildle gmacht wora. Dui aufdringlich Fotografiererei überall rum hätta ma it vrtraga.

Am Mittag, noch'm Essa in dr „Rosa“, hot ma dann gschwätzt und vrzehlt. Ma isch gar it fertig wora.

Oine hent ihre Heldatata aus dr Schulzeit nomol ausgraba. Jetzt woiß i wenigstens, wer mir sellamol immer wieder mei Vesper gmopst hot.

Ja und dui Gschicht mit'm Oberlehrer B.! Dr Franz hot'm jeden Tag a Flascha Milch bringa messa, frisch von dr Kuh weg. Wenn'r grad amol wieder mit'm auf Krieagsfuaß gstanda ischt, hot'r oifach unterwegs a bißle Milch ausgleert ... und dann wieder aufgfüllt. Mit was? Doo froget Sia no! – Jedenfalls hot's dem Herr Schulmoister it gschadet. Er ischt stoialt wora.

Wo ma an nuia Lehrer krieagt hent – da Nama woiß i gar nimme –, hot der da Philipp glei am ersta Tag richtig auflaufa lau. Noch hot der Siach, der scheihoilig, zu'nem gsait: „Gell, Philipp, jetzt denkst, wenn'r no z'Munderkinga blieba wär.“ Und dr Philipp, gradraus und ehrlich: „Noi, Arschloch hau ne denkt, blöds.“

Über sei beruflicha und gsellschaftlicha Stellung hot kaum oiner gschwätzt. Und drum isch 's Sechzger-Fest au lockerer, uverkrampfter wia 's Fuffzger. Doo muß koiner meh ageba, was'r Großartigs ischt und was'r no alles wera will. Wer's mit sechzge it gschafft hot, packt's eh nimme.

Am Obed hem'ma dann tanzet. Wenn dia Glenk au krachet hent und wenn's Herz pumparet hot beim Zillertaler wia Lanz-Bulldogg, so tanzfaul wia de Junge send mir no lang it. Und da Walzer könna ma no links- und rechtsrum.

Beim Tanza hem'mir au zwoi Dama gstanda, daß se amol heiß für mi gschwärmt hent, daß se auf mi gstanda, auf mi abgfahra send. Glei zwoi! Und i hau nix gmerkt sellamol! Unverzeihlich! Trotzdem lauft so ebbes natürlich no na wia Öl, au wenn's scho oinige Krautherbst her ischt.

Wo ma noch hoim send, spät, arg spät, sem'mer alle mindestens zeah Johr jünger gwea.

Dr D-Zug-Nikolaus

Am Klostag (Nikolaustag) ’s letzt Johr, be ne mit’m ICE von Frankfurt noch Hamburg gfahra. A junger Nikolaus in dr klassischa Berufskleidung – weißes Gwand, roter Umhang, Mitra und Bart aus steriler Hartmann-Watte –, a netta, sympathischa Studentin, hot auf dr ganza Strecke Siaßigkeita und Obst vrtoilt. Alloi 800 Epfel. Für jeden hot se a lieabs Wort ghet. Und dia Fahrgäst hent sich richtig gfreut über dia kleine Aufmerksamkeita von der Deutscha Bahn AG, vor allem aber über den reizenda Nikolaus.

Zmol send dem Gschenkla ausganga. Ausgrechnet in unserm Abteil. Peinlich. A ganz dumma Situatio. Was dua? Der Nikolaus wär it dr Nikolaus gwea, wenn’r sich it z’helfet gwißt hätt.

Er hot sich höflich entschuldigt. So a Mißgschick könn au im Nikolaus passiera. Er sei schlieaßlich it dr liebe Gott. Und drbei hot’r so lieab und so treuherzig gucket, daß’m alle gern vrzieha hent. Dia Situatio war grettet, dui Peinlichkeit entschärft.

Und noch sait doch so a Bomberkittel, so a vrzopfter, so a vrkettet und vrdrohteter: „Jetzt verschenken Sie eben noch ihre beiden schönsten Äpfelchen.“

Dees hot paßt wia Strick um da Hals! De Leut war’s peinlich, zumindest aber uagnehm. Dees arm klei Nikolaus-Mädale! Ohne Knecht Ruprecht!

Aber dees hot dui Situatio voll im Griff ghet. Langsam, wia sich's für an richtiga Nikolaus ghört, hot se sich umdreht und mit ra klara, festa Stimm zu dem Bomberkittel gsait: „Aber bestimmt nicht an Sie!"

Dees ischt gsessa! 's ganze Abteil hot sich hälinga amüsiert. Elegant, wia se den Dummschwätzer schachmatt gsetzt hot! Der hot sich bloß no hinter seine Kopfhörer verschanza könna. Und jeder hot'm den vorweihnachtlicha K.o. von Herza gönnt, den feminina.

Hipp, hipp, hurra

Fuaßball isch 's Thema Nummer eins. Arbeitslosigkeit, Wetter, Politik und 's vrmeintliche Thema Nummer eins kommet unter ferner liefen. I hau dees lang it glauba wella, aber jetzt ka'ns beweisa.

Vor kurzem ruft me so a Versicherungsfritze a: „Guten Tag. Albus, mein Name: Anpfiff, Libero, Beckenbauer, Uwe, Seeler." – A nuis Alphabet? Vielleicht. I jedenfalls hau's auf Anhieb begriffa.

A Fuaßballer von 1860, a durchschnittlicher Kicker mit längere Hoor, hot sei Mähne schneida lau wella. So isch in dr Zeitung gstanda. Und zu dera Staatsaktio hent sich doch sage und schreibe vier Fernsehanstalta agsait. Vier Fernsehstationa hent dees Schera für d'Nochwelt festhalta wella! Wenn dr Bundespräsident zum Frisör goht, noch juckt dees – mit Vrlaub – koi Sau. Und bei dem Sechzger saget sich vier Sender a! Wega a paar Zentimeter speckige Härer!

Bei Länderspiel oder wenn's um irgend so an Pokal goht, so an scheußlicha, noch sitzet Bundespräsident oder Kanzler neba andere VIPs in dr Ehraloge – und send doch bloß Randfigura. Im Mittelpunkt stoht dr Kaiser und König Fuaßball. Obwohl, dr Kohl soll jo au amol a ganz passabler Fuaßbäller gwea sei. Auf dr Bank vrmutlich. Doo hot'r lerna könna, wia ma a Problem aussitzt.

Unser Pfarrer vrzehlt mir, er häb in dr Schülermess 's Gleichnis von de Arbeiter im Weinberg erkärt, Matthäus 20,1–16. Noch häb'r gfroget: Sagt euch der Name Matthäus etwas? Und wia ein Mann häbet dia Pimpf gschriea: Lothar ... Libero ... Bayern! Und dr Evangelist? Koi Ahnung. Daß de Junge da Matthäus kennet, dea Maulathleta, muß ma fast anehma. Schlieaßlich schwätzt'r bei jeder unpassenda Glegahoit. Jetzt hot'r sei Gschwätz au no aufschreiba lau. Ma ka seine Eigator sogar kaufa! Aber in hundert Johr, schätz i, wird ma bloß no oin von dene zwoi Matthäus kenna.

Daß dr Fuaßball tatsächlich 's Höchste ischt, woiß i seit'm letzta Johrmarkt. Lauf i doch über da Marktplatz, morgens bald, no halba nacht isch gwea, vor's eigentliche Gschäft losganga ischt. Doo unterhaltet sich zwoi Dama über da Fuaßball im allgemeina und über da FC Bayern im bsondera. Zwischanei hent se sich am a Gasöfale d'Finger gwärmt.

Dees wär an sich nix Bsondrs gwea, aber de oi war so zwischa 75 und 80, de ander vielleicht zeah Johr jünger, a Marktweib mit ma Kurzwarastand, ein Riesenweib, ugfähr 200 Pfund schwer, nüchtern.

I hau glei gspannt, daß doo Fachleut schwätzet.

„... Bayern ischt oifach mei Lieblingsmannschaft."

„De mei au. Bayern und dr VfB."

„Schad, daß dr Klinsi nimme drbei ischt. So a netter Kerle!"

„Mir hot'r a bißle z'oft abseits gspielt."

„Abseits? I kenn me doo nia so gnau aus mit dem Abseits und so."

„Dees isch ganz oifach. Wenn dr Schiedsrichter pfeift, und ma woißt it worum, noch isch abseits."

„Ah... jetzt woiß i dees au. – Dia Schiedsrichter send sowiaso umöglich. Doo lauft so a Spiel wunderbar, und noch pfeifet dia Hennafiedla allaweil drzwischa."

„Gwieß wohr."

„Dr Klinsmann war dr oizige in dr Bundesliga, wo intelligente Päss gspielt hot."

„Ha...??! Also dem seine Päss waret ungfähr so intelligent wia Sia."

In dem Moment ischt de erst Kundin komma. Wo dui zahlt ghet hot, hent se weiter palaberet. „I be immer ganz gschlaga, wenn Bayern vrliert."

„I au. Schlimm."

„Ma vrlangt jo gwiß it vill, bloß daß se halt gwinnet. Dees ischt doch 's wenigst. Fürs Verliera weret se it zahlt. Verliera, dees könnt i ..."

An dem Punkt ischt dr nächste Kunde komma. Dia zwoi hent ihre philosophische Betrachtungen unterbrecha messa, und i be weitergloffa. Worum, hau ne denkt, ischt dr Fuaßball für vill Ersatzdroge, Ersatzpolitik, Ersatzreligion? I ka mr's bloß so erklära: Doo ka ma no drufhaua, schieaßa, holza, schlaga, zumindest verbal oder virtuell, und im Kern ischt doch alles bloß Luft, im wahrsten Sinne des Wortes. Und im Spiel entwicklet Fuaßbäller – gute jedenfalls – oft meh Phantasie als alle Politiker zamma, obwohl im Fuaßball alles streng reglementiert ischt und Politiker Gestaltungsspielraum hättet noch und nöcher.

Beim Fuaßball isch ma no Mensch und ka d'Sau rauslau. Und 's ischt oina von de wenige sichere Bastiona in ra usichera Welt. Drum: Hipp, hipp ...

Humor und Gottvrtraua

Unserm Herrgott sei nichtfliegendes Personal bestoht aus ganz normale Leut wia Sia und i. Gott sei Dank! It älle send grädig ... pardon: gnädig und barmherzig. Und 's Geld möget se au. Und se brauchet's natürlich au. Drum hent se d'Kollekte erfunda. 's wär schlimm, wenn des alles so abghobene, so ätherische Wesa wäret. Schlieaßlich lebet se doo unta auf dera buckliga Welt. Und doo hent sia's schwer gnuag heutzutag.

Drum brauchet se neba Gottvrtraua au a guata Portio Humor.

Vor kurzem hot mei bessera Hälfte im Garta gschaffet. Von weitem scho hot se zwoi Fraua komma seha, langsam, bedächtig. „Guten Tag", hent se griaßt, „Sie werden uns nicht kennen."

„Doch", hot mei Weib gsait, „Sia send Zeuga Jehovas."

Dia Dama hent ganz ungläubig gucket. „Ja woher wissen Sie das?"

„Ganz oifach, so langsam wia dia lauft sonst niemand." Do hent dia fromme Fraua bloß no lacha könna. Se hent ihren Missionsauftrag glatt vrgessa und halt no von Tomata und Kohlräbla, von Schnecka und Blattläus gschwätzt.

Dr Dohlasepp ischt immer in ziemlich schäbige Klamotta rumgloffa. Wega dem hot'r ständig Drabbel ghet mit seiner Mudder. Wo'nr wieder amol in d'Stadt ischt in so ma alta, dunkla Überzieher, ischt auf'm Marktplatz a alts Weible an'n nagloffa.

Se hot den Sepp agucket: „Gelobt sei Jesus Christus."

Und dr Sepp: „In Ewigkeit, Amen."

Wo'nr dees seim Pfarrer vrzehlt hot, hot der gmoint: „Jetzt isch höchste Zeit, daß dr an nuia Mantel zualegst, sonst wirst demnächst no hoilig gsprocha."

Unser früherer Stadtpfarrer war bei ma Jubiläum in dr Stadthalla. Im Gedränge hot'r an alta Bekannta troffa. „Ja, jetz leck me no ...", hot'r gschriea, „Hans, sag, wo kommst du her?"

A Schäfle aus seim Kirchspiel hot des ghört. Dr Herr Stadtpfarrer, guck na!

„Herr Pfarrer", hot'rn mit ma vorwurfsvolla Unterton gfroget, „derfet Sia des saga?"

Dr Getadelte hot'n kurz gmusteret und gmoint: „Wenn mir des unser Herrgott it vrzeiht, noch ... soll'rs grad bleiba lau!"

Wo'nr 's erste Mol a Fußballspiel Stadtvrwaltung gega kirchliche Mitarbeiter genehmigt hot, war des für a paar ganz Hoilige a Sakrileg.

A Frau hot den geistlicha Kicker agrufa: „Wo kommet mir no na, wenn Pfarrer Fußball spielet!"

„In Himmel!" hot der bloß gsait und aufglegt.

Am Sonntig noch'm Amt hot'r no a Tauf ghet. Zwilling, zwoi Buaba. Am Schluß von dr Taufhandlung sait'r: „Wir beten noch für die Väter der Täuflinge." Alles hot grinst. Doo ischt'm erst aufganga, daß Zwilling jo normalerweis halt oin Vadder hent und boide da gleicha. Normalerweis ...

Ende der Siebzger hot dr Ehinger Frauabund an mehrtägiga Ausflug gmacht noch Paris. 's Reisebüro hot dene Dama a passends Programm zammagstellt. Zum Arrangement hot au a Bsuach im „Moulin Rouge" ghört. Und dia Dama send reinen Herzens in des Varieté ganga.

Während dr Vorstellung send se immer kleiner worra. Schlieaßlich hot de Vorsitzende da Manager sprecha wella und von dem verlangt, er soll a anders Programm zoiga, sia seiet dr katholische Frauabund von Ehingen.

's ischt halt guat, wenn ma französisch ka. Noch ka ma schwätza mit dene Franzosa. Ma ka vrlanga, daß des berühmte „Moulin Rouge" in Paris für zirka vierzig Fraua aus Ehingen an der Donau, Allemagne, Baden-Württemberg, daß also des „Moulin Rouge" sei Programm änderet. Vrlanga ka mer's. Ob se's dent, ischt a andera Frog. In dem Fall hot der Franzmann oifach it begreifa wella, worum dene Dama dia Vorführunga it gfalla hent – oder it gfalla derfa hent! A Programmänderung jedenfalls hot'r ausgschlossa. Kategorisch! Au für da katholischa Frauabund von Ehingen.

Beim Thema Herrgott, Hoilige und Pfarrer kommt ma automatisch au auf Wunder. Und Wunder geit's au heut no. Glaubet Se it? Noch lebet Se auf 'm Mond!

Im a kleina, dörflicha Supermarkt, früher: Kolonialwaragschäft, ischt am Gründonnerstag d'Registrierkass ausgfalla. Ausgrechnet! Natürlich ka ma au ohne so a Kass vrkaufa, aber des ischt ungfähr so, wia wenn's zum Mittagessa Schweinebrota geit mit Spätzla und Kartoffelsalat, aber koi Messer und koi Gabel.

Dr Kundadienstmonteur ischt überraschend schnell komma. Stundalang hot'r an dera Maschee rumdokteret. Aber dui hot koin Scherrer meh dua. Aus! Feierobend! Der guate Ma war am Ende mit seim Latein. „Kaufet Se a nuia", hot'r zur Ladnere gsait, „i ka dui alt nimme richta."

So ebbes goht aber erstens it so schnell, und zwoitens hot sich des Weib it von dem schöna Stuck trenna wella. Ihra z'lieb, hot der Monteuer schlieaßlich gsait, däb'rs am Karsamstig nomol mit andere Ersatztoil probiera. Hoffnung häb'r allerdings it vill.

Am Obend ischt dui Frau dann zur Lourdes-Grotte gwallfahret und anschließend isch se in Kirch ganga. Und am Karfreitig wieder. Se hot's vrbetta wella, des mit dera Registrierkass. Se war sich ganz sicher.

Am Karsamstig hot se scho in aller Herrgottsfrühe ihren Basar aufgschlossa. – Ob dui Maschee wohl goht? Noi, se ischt it ganga. D'Enttäuschung war groß. 's Betta hilft also au nix! Niedergschlaga hot se aufgromet und abgstaubt. Wo se mit'm Staublumpa über dui streikend Tastatur gfahra ischt, hots zmol rrrrrum gmacht und der Apparat ischt wieder gloffa. Einwandfrei. – Dees ischt vrbürgt!

Dui Supermarktfrau ischt vor Freud fast in d'Luft gsprunga. Se hot glei da Monteur agrufa und alles genau vrzehlt. Der hot gmoint: „Wenn's tatsächlich so gwea ischt, noch isch dees a Wunder, a richtigs Wunder. I hätt dui Maschee in dem Fall nia meh zum Laufa brocht."

„Jo", hot se sich gfreut, „'s ischt wunderbar. 's Betta hilft doch." – Und se hot dees mit dem Wunder überall vrzehlt – bloß it im Pfarrer.

Unter unserm Himmel

Oberschwaben – Weingarta, Rot, Schussenried, Zwiefalta, Wiblinga. Oberschwaben, Oberland und Barock, do hent sich zwoi gfunda, wo zammapasset, wo zammaghöret. Barock, barocker Lebensstil, paßt zu Landschaft und Leut. Undenkbar, daß im Dominikus Zimmermann sei Steinhauser Barockjuwel, in ... saga mr ... Ostfriesland standa könnt.

Des Heitere, Herzhafte, dui Fülle und gelegentliche Überfülle im Barock, reflektieret da oberschwäbischa Charakter: schaffa und festa. Und alles zu seiner Zeit. Ohne dui Verwurzelung hätt sich barocka Kunst zwischen Donau und Bodensee nia so entfalta könna. Barock im Oberland ist Kunst und Kirch.

It bloß dia Perla an der Barockstroß. Fast in jedem Dorf stoht a barocks Kirchle, a barocks Schloß, a Rothaus.

Dr Oberschwabe als solcher ist bodaständig, schaffig, herzhaft, gradraus, sparsam, eher zrückhaltend, vorsichtig, tolerant in Maßen und – katholisch. Katholisch, jawohl. Kürzlich erklärt mir a Künstler, wo johrelang im Unterland glebt hot und wo mit dr Kirch wenig am Hut hot: „I muß wieder zruck ins Oberland zu de Katholische. Bei dene Pietista do dunta gang i ei mit dr Zeit. Dia laufet ständig rum, wia wenn se da Finger in ra Mausfalla hättet, und zum Lacha ganget se in hintera Keller."

Der Ma hot recht ghet. Lacha ist gsund. Lacha ist a Kneippkur für d'Seel. Mir Oberländer brauchet des. 's geit bei uns vill von inna raus fröhliche Leut. D'Marie aus V. war so oina. „Marie, du lachest halt", hot ihra Bürgermoister zu'nr gsait. Und sui druf: „Woischt, Marte, 's lachet halt."

It umsonst isch 's Oberland a Fasnets-Hochburg. It wia Köln und Mainz. Prunksitzunga – des liegt uns it so. Mir hent's lieaber a bißle oifacher, gmütlicher. Protestanta saget jo, in dr Bibel stand nia, daß Jesus glachet häb. Aber des muß ma relativiera. Er war sicher lustig, bloß hent des dia Evangelista it aufgschrieba. Wia ka ma ernsthaft annehma, er häb bei dr Hochzeit zu Kana, wo'nr sechs Krüg voll ordinärs Zisternawasser in besta Heilbronner Trollinger verwandlet hot, den Tropfa it au vrsucht und drbei gschwätzt und glachet?

Dr echte Oberländer ist a Vereinsmeier. Bei dr Fronleichnamsprozessio rücket se alle aus, dia Traditionsverei: Musikanta, Sänger, Schütza, Bürgerwehra und Blutreiter. Wenn's gelegentlich au aussieht wia Generalmobilmachung, 's ist festlich, und letzlich goht's zur Ehre Gottes.

Barock und Klöster ghöret zamma im Oberland. Und zu de Klöster ghöret Wallfahrta. Mir hent viele überregional bekannte und au kleine, lokale Wallfahrtsort. Und bei dene Wallfahrta messet d'Leut essa und trinka. Drum dia viele Klosterwirtschafta und -brauereia. Dia Pater hent immer scho gwißt, was guat ist – it bloß für d'Wallfahrer. Unser hochentwickelta

Braukultur vrdanket mir au de Klosterbrauereia. Bier, Braukunst, a säkularisierta Form vom Barock? Mit a bißle Phantasie ka ma's so seha.

Dia Pröbst früher waret jo recht barocke Typa. „Prestling" saget mir heut no zu de Erdbeera, dia jo bekanntlich it grad stromlinienförmig send. Und des Prestling käm von Pröbstling, behauptet d'Etymologa.

Nomol zum Wallfahra. Des ist Marienverehrung, Volksfrömmigkeit und Tradition. Sorga ablada, Sorga um Gsundheit, Familie, Haus und Hof. A Bäure aus A. ischt bis noch Lourdes gwallfahrtet, bloß mit ma kleina, schwarza Handtäschle bewaffnet. A ganza Woch, bloß mit'm Handtäschle! A paar Fraua hent sich drüber mokiert. Aber oina hot gmoint: „Gell, Sofie, z'Lourdes werd ma jo badet." Und do zoigt sich a weiterer Charakterzug von de Oberschwoba: Se send pragmatisch, se nemmet's, wia's kommt, ohne groß Lamento.

Nebem Bier hent mir no Most, Hohenastheimer, aus Äpfel und Birna preßt, Moooscht gsprocha, mit mindestens drei „o". A Krügle Most, frisch vom Keller, ka's mit jedem Bier und jedem Wei aufnemma. In dr soziokulturella Hierarchie gibt's allerdings deutliche Unterschied. A Ehinger Bauer hot des auf da Punkt brocht. „Saufst an Moooscht, trinkst a Bier, oder derf i Ihne an Wei abieta?" – so hot'r seine Gäst empfanga. Bier und Most, natürlich und herzhaft, passet zu de Oberschwoba. Herzhaft – 's richtige Wort. „Herb" wär z'schwer, z'melancholisch, und bei „derb" denkt ma unwillkürlich ans Flucha, an Holzknecht und Bierkutscher. Also herzhaft, wia dr Barock.

Unser Haupt-, für vill au Leibgericht ist Schweinebrota mit Spätzla, Kartoffelsalat und vill Soß. Dr Kartoffelsalat ist dr Testfall für jedes Lokal. Wenn der guat ist, ist alles guat. Kartoffelsalat! Heut saget au oberschwäbische Baura „Kartoffel“, nimme Erdäpfel. Se saget jetzt au „Biotop“ zu ra Nässe und zu ma alta Glump „Antiquität“. Sonst send mir so maulfaul wia alle Schwoba, bsonders bei de Näma. Dr Konstantin wird auf Konstl verkürzt, dr Dominikus auf Kus und d'Kreszentia auf Senz. D'Frau Dokter Z. hot Veronika ghoißa. Dui hot immer gjomeret: „Bei Veronika hot ma 's ganze Maul voll.“

Leider schwätzet immer weniger des kernige, barocke Oberschwäbisch. Dia wisset gar it, wiavill Kraft und Saft und welche Feinheita in dr Mundart stecket. Dr Thaddäus Troll, oberste Instanz in Sacha Schwoba, schreibt: „Wer d'Muttersproch aufgibt, verarmt.“ Trotzdem schwätzet immer meh so a blutleers Halbhochdeutsch und haltet des für a Zoicha von Bildung. Natürlich isch's heut normal, wenn a Hausfrau aus ma 327-Seela-Dorf „gschwind in City“ goht und moint zu ihrer übernächsta Nochbere. Da sogenannta Fortschritt allgemein aber nimmt ma halt als notwendigs oder unvrmeidlichs Übel.

Dr Oberschwob hot nach wie vor a ungebrocha positivs Verhältnis zum Schaffa. Schaffa ist a Primärtugend. Drum war au dr Oberlehrer Roser in Ö. so entsetzt, wo sei Sohn am Tag noch dr Abiturfeier ausgrechnet hot, daß'r jetzt no genau 10 836 Tag schaffa müss bis zum wohlverdienta Ruhestand.

Genauso gsund und unverkrampft ist unser Verhältnis zum Geld. Böswillige saget, mir seiet geizig.

Quatsch! Mir sind sparsam. „De arme Leut mag dr Teufel it", hot mei Großvadder scho gwißt. Dr Viehhändler K. goht no a bißle weiter: „Was in mein Sack goht, kommt zerscht in Himmel." In der Regel findet mir aber de richtig Mitte zwischa Sekt und Brunnawasser.

In dr Literatur wird Oberschwaba stiefmütterlich behandlet. Dia Schreiberling schwärmet vom Unterland, von de Wengerter und vom Trollinger, vom Necker, von Tübinga, vom Hölderlin, vom Schiller und vom Hegel, von dr Landeshauptstadt natürlich, vom Herzog Karl Eugen, vom Daimler und vom Bosch. – Im Oberland ist alles a Nummer kleiner, runder, barocker. Mir send Provinz. Aber 's macht uns nix aus. Mir send uns selber gnuag. Unser Hauptstadt Ravensburg hot a paar Einwohner weniger als Stuagert. Und? – Mir hent koine so berühmte Geistesheroen. Für da Schiller hent mir da Christoph Martin Wieland, für da Daimler unsern Liebherr. Gega da „Hyperion" setzet mir de „Schwäbisch Schöpfung" vom Sebastian Sailer. Natürlich könntet mir da Albert Einstein für uns vereinnahma, der ist schließlich in Ulm gebora. Aber Ulm ghört eigentlich it zum Oberland. Ulm ist uns a bißle z'groß, dr Kirchturm a bißle z'hoch. Und außerdem fangt glei hinter Ulm dr Balkan a.

Ageba liegt uns it, des hem'ma it nötig. Mir send bescheida. Mir könntet uns mit dr Donau brüsta oder mit'm „Ober"-Schwäbischa Meer, wenn's um da Bodasee goht. Uns selber könntet mir als Ober-Schwoba bezeichna. Dent mir alles it. Aber mir behauptet, daß mir auf 'm schönsta Fleckle wohnet auf dr ganza Welt.

Des dent andere zwar au, aber bei uns stimmt's. Der grüne Teppich in de Voralpa, dia Moräna, dr Bussa und dr Federsee, dia Zwiebelturmkirchla und dia stattliche Baurahöf, im Anerbesystem von Generatio zu Generatio vererbt und it durch Realteilung verrissa. Baurabarock! Dr frühere Bundesminister Ehmke hot amol gsait: „Je schöner die Landschaft, je schwärzer die Wähler." Stimmt. Im Allgäu hent se des auf d'Spitze trieba. Do send sogar d'Viecher schwarz.

Des also isch 's barocke Oberland. Oder muß ma vielleicht scho saga des war 's barocke Oberland? De Junge vor allem prägt natürlich au dr Zeitgeist: Pop- und Discokultur, Genuß und Freiheit grenzenlos. Aber 's Holz isch gsund. Irgendwenn dreht sich dr Wind wieder. Und dann brechet de alte Tugenda wieder durch – und d'Untugenda, barocke und andere.

Wo Rauch ischt ...

D'Menschheit ka ma grob in zwoi Gruppa eitoila: Raucher und Nichtraucher. Seit ma woiß, daß raucha gsundheitsschädlich ischt, stellt sich de oi Hälfte, d'Raucher, meh und meh ins Abseits. In Amerika weret se scho wia Aussätzige behandlet. Aber richtige Raucher beeindruckt des wenig. Für dia ischt raucha Kultur, Stil, Genuß, Entspannung, Lust, Anregung, Beruhigung und und und.

Dr Groucho Marx, der berühmte US-Komiker, isch von seiner Frau vor d'Wahl gstellt worra: Havanna oder i. Er hot sich für d'Havanna entschieda. „Aber mir bleibet guate Freund", hot'r des Trennungsgespräch trocka beendet. – Oine laufet halt meilaweit für a Zigarett und oine vrtlaufet meilaweit wega ra Zigarett.

Unter de Raucher geit's zwoi Gruppa: dia, wo rationale Argument it zugänglich send, wo noch'm zwoita Herzinfarkt genauso weiterdampfet, und dia, wo a Leba lang gega ihr Laster ankämpfet. Meistens vrgeblich.

Mei Pfarronkel, a leidaschaftlicher Zigarraraucher, hot sich von seiner Hausere jeden Morga a Zigarr anzünda und ins Ofaröhrle lega lau, wenn'r wieder amol 's Raucha aufgsteckt hot. Des hot seine überreizte Nerva a bißle beruhigt.

A Arbeitskolleg, johrzehntelang zigarettasüchtig, ischt von jetzt auf nochher entwöhnt gwea. Ma hot's it glauba könna. „Ja, wia hosch dees gmacht?“ hau'en gfroget. „Ganz oifach“, hot'r gsait. „I hau a schwera Grippe ghet. Doo hätt i koina raucha könna. Pfui Teufel! Und wo ne wieder gsund gwea be, hau ne dui Qualmerei oifach bleiba lau. Des ischt so leicht ganga, daß mr grad überleg, ob i it wieder amol oina schmaucha soll. Aufhöra ischt jo so oifach!“

Wenn's tatsächlich so wär! Im Papiergroßhandel Kästle in B. war Raucha streng vrbotta. Dr Vrsandleiter hot trotzdem ab und zu heimlich oina zoga und drbei sein Rausschmiß riskiert. Am a scheena Tag hot'n dr Chef vrdwischt.

„Sia wisset, bei uns bestoht absolutes Rauchvrbot!“

„Ja.“

„Worum rauchet Sia dann trotzdem?“

Was sait ma doo? 's goht um Sein oder Nichtsein! Dr Sünder hot de oinzig richtig Antwort gfunda: „Weil i it gwißt hau, daß Sia kommet.“

Des war ehrlich. Drum ischt'r au it gfloga.

Vom Anatole France stammt der Ausspruch: Es liegt in der menschlichen Natur, vernünftig zu denken und unlogisch zu handeln. Paßt hundertprozentig auf d'Raucher!

A guata Bekannta, gsundheitlich agschlaga, hätt dui Raucherei scho lang aufstecka solla. Dr Dokter hot'r ins Gwissa gredet: „Denket Se an Ihra Familie!“ Doo hot se bloß da Kopf gschüttlet und a wahrhaft philosophischa Antwort gea: „Wisset Se, mit dr Gsundhoit isch wia mit'm Geld, ma hot's, oder ma hot's it. Raucha hin, raucha her!" – Vielleicht hot se sogar recht.

Dr Josef Laible war im letzta Krieag als Funker an dr Ostfront eigsetzt. Sei Mudder hot'm regelmäßig Päckla gschickt. Jedesmol hot se drzuagschrieba: „Josef, rauch auch nicht so viel!" – und jedesmol hot se a paar Schachtla Zigaretta neipackt. Aber des Weible hot's natürlich gut gmoint.

D'Indianer hent zu Karl Mays Zeita d'Friedenspfeif graucht, wenn se sich da Tomahawk lang gnuag über da Skalp zoga ghet hent. Motto: Wer raucht, mordet nicht. Des war a mythisches, fast religiöses Ritual. So kultische Zeremonia geit's heut nimme. A kümmerlichs Rudiment ischt vielleicht no dia Zigarette danach.

Zigarraraucher dent allerdings ihr Lustobjekt au heut no zelebriera. Freudianer deutet des Vrhalta tiefenpsychologisch in a ganz bestimmta Richtung. Kürzlich be ne im Café bei ma Gschäftsma am Tisch gsessa. Der hot sich an Kaffee und a Zigarr bringa lau. De teuerst, wo se ghet hent. Dann hot'r dui Zigarr a paar Mol kräftig mit schwarzem Kaffee eigrieba. Des gäb erst des gewisse Aroma, den gewissa Duft.

Dr Ludwig Erhard und dr Churchill send ohne ihre Davidoffs, Dunhills oder Monte Christos gar it denkbar. Dia dädet ihra Identität vrliera. Dr Kennedy hot seinerzeit große Vorrät an Havannazigarra anlega lau, bevor er wega seim Zoff mit'm Castro a Embargo vrhängt hot. Auf dia handgfertigte, edle kubanische Rauchbomba hot er und sei Clique it vrzichta wella.

Mei Vetter Max ischt mit'm Zug von Ulm noch Hamburg gfahra. Vis à vis von ihm ischt a hübscha, junga Frau gsessa. Domols hot ma no Fräulein gsait. Dr Zug war überfüllt, a Gspräch fast unmöglich. Irgendwenn hot sich des Mädle a Zigarett aus ma Etui g'anglet. Dr Max, ganz Gentleman, hot'r formvollendet Feuer gea. Se hot sich mit ma netta Lächla bedankt. Dann war wieder Funkstille.

Noch ra gewissa Zeit hot dr Max sein ganza Schneid zammagnomma und des Mädle gfroget, ob se ihm a Zigarett häb. Se hot oine ghet. Aus dera Zigarettahilfe hot sich dann a Gspräch entwicklet. Und des Gspräch hot sich weiterentwicklet. Kurz und guat, dia zwoi hent gheiratet. Und dann hent se mitnander graucht. Aber it lang. Sui hot sich dui Raucherei abgwöhnt. Dr Max hot's so wella, wega dr Haut, wenn Kinder komme, und a Frau ... und überhaupt.

Bleibt zum noochtraga, daß dr Max sellamol im Zug selber Zigaretta drbeighet hot. Er hätt also koine bettla braucha. Aber dann könnt'r heut wahrscheinlich it saga, daß'r de Zigaretta vill zum vrdanka häb.

Paragraphareiter

Dr Umgang mit Behörda war immer scho problematisch. Doo bestoht koi Waffagleichheit. Auf dr oina Seita 's gemeine Volk, dr Untertan, auf dr andera d'Staatsgewalt, d'Paragraphareiter. Und dia Straftatbeständ „Beamtabeleidigung" und „Widerstand gegen die Staatsgewalt" stellet den ganza Apparat außerdem no unter a Art Glasglocka. Früher war des no schlimmer. Dr Herzog Karl Eugen zum Beispiel hot da aufmüpfiga Christian Friedrich Daniel Schubart oifach auf'm Hohenasperg eibuchta lau. Und dr Schiller, der mit dr Glocke, hot au ins deutsche Ausland flüchta messa. Aber des ischt vrbei.

Amtspersona send angsehene Leut. Im Zuge einer allgemeina Balkanisierung hot ihra Anseha allerdings au glitta. Se hent aber immer no an Bonus. Bsonders bei ältere Leut. Vrzehlt mir doch kürzlich a nebaberuflicher Interviewer vom Statistischa Landesamt, er häb a älters Ehepaar befroga messa. Dia Leutla häbe vor lauter Respekt und Unterwürfigkeit glei ihre ganze Versicherungs- und Steuerordner herghollet. Ob er ihne saga könn worum se runde 600 Mark Steura zahla messe und ob'r a Vesper well. – Beamte müßt ma sei!

Dr Sepp hot wega ra Grenzstreitigkeit aufs Rothaus komma messa. Kaum hot'r Griaß Gott saga könna, ischt dr Bürgermoister scho wia Oberfeldwebel über'n hergfalla. So an Ton isch dr Sepp it gwöhnt gwea. Er hot gwartet, bis der Schultes auskolteret geht hot. Dann hot'r ganz ruhig gfroget: „Soll i stillstanda?" – Und zmol hot au der Herr Bürgermeister ganz vrnünftig schwätza könna. Dr Sepp hot sich gwunderet, wia schnell dia ganz obrigkeitsstaatlich Fassade zammabrocha ischt.

In dr Nähe von Ulm hent se vor a paar Johr a Flurbereinigung durchgführt. Wia üblich, hent au doo dia Baura vorher lauter 1a-Äcker ghet und nochher bloß no Gruscht. Oiner hot gmoint, er sei unvrschämt bschissa worra. Beim Gütetermin isch dann hoiß herganga. Boide Parteia hent ihre Positiona kompromißlos vrteidigt. A Einigung war it möglich. Zmol ischt dem Baura dr Kraga platzt. Er hot dem Oberregierungsvermessungsrat oina an Gosch na ghaua, daß dem seine Jacketkrona klinglet hent wia Symphonieorchester. Der Ma hot sich um de oige Achs dreht, d'Auga hochklappt, sterbender Schwan gspielt und in Zeitlupe umfalla lau. Mit Stil, muß ma saga. Fast wia dr Nurejew.

Für den Volltreffer ischt der Bauer vom Amtsrichter wega Körperverletzung in Tateinheit zu ra Geldstrof von tausend Mark vrurteilt worra. Sei letzts Wort war – und zwar laut, daß jo alle im Grichtssaal mitkrieagt hent: „Aber ghet hot'r se doch!"

So ebbes hoiß i Charakter! Der Ma hot sich sei Überzeugung ebbes kosta lau. Respekt!

Dr Christian ischt wega ra Grundstücksgschicht aufs Rothaus glada worra. Ganz bewußt ischt'r mit kuhdreckige Stiefel vor'm Schultes aufkreuzt. 's hot scho lang gäbalet zwischa dene zwoi. Jetzt hot'r a Glegahoit gseha zum Abrechna. Alles, was sich johrelang aufgstaut ghet hot, ischt aus'm rausbrocha. Er hot gschimpft wia Rohrspatz. Sei Gebiß hot beängstigend gschepperet. Dr Bürgermoister ischt ganz klei worra hinter seim Schreibtisch. Er hot ständig Angst ghet, dia Zäh krachet ihm ins Gsicht. Und der Christian ischt'm immer näher auf d'Pelle gruckt. Zmol nimmt'r sei Gaumagebiß raus, legts auf da bürgermeisterlicha Schreibtisch und schimpft oba ohne weiter.

Im Schultes ischt gschwind 's Gsicht standa blieba. Wenn mir der Kerle sei Gebiß jetzt an Kopf wirft!? Er ischt vorsichtshalber weiter in Deckung blieba. Und der Christian hot weitergschimpft, bis'r sein Kropf ganz gleert ghet hot. „I laß mir von dir 's Maul it vrbieta! Und it vom Landrat!" hot'r no bellet, sei Wackelgebiß vom Schreibtisch gnomma, ins Maul gschoba und mit seine Kuhdreckstiefel nausmarschiert.

Von doo a hot'r Rothausverbot ghet. Des war zvill! D'Schulkehrere hot gsait, so a Sau sei vorher no nia auf'm Rothaus gwea.

Ma muß schwätza mit de Beamte. Dees ischt a wichtiga Regel. Wenn ma schriftlich vrkehrt mit dene Auserwählte, noch wird's problematisch. I hau an Brief krieagt vom Finanzamt, oi Satz: Der Einheitswert ist aufzuheben, weil die wirtschaftliche Einheit – Klammer auf – Untereinheit – Klammer zua – weggefallen ist.

A großartiger Satz! Und so vrständlich! Wenn a Nichtjurist – und dees solls jo no geba –, wenn also a Nichtjurist so a Schreiba krieagt, noch fällt'r in tiefe

Depressiona. Wenn'r dann mit dem Finanzbeamta schwätzt, stellt sich alles ganz oifach dar.

Dr Bürgermoister Steger hot seine Baura da Schlachtschei immer höchstpersönlich ins Haus brocht, wenn se gmetzget hent. A vorbildlicher Service! Aber 's ischt jedesmol späta Nacht gwea, bis dia Baura den Ma wieder hoimbrocht hent ...

Wo sei Gmoind wieder amol an Eber braucht hot für de kommunal Vatertierhaltung, hent se an Spitzatier kauft für über 1200 Mark. Anschließend hot dui Kaufkommissio, Bürgermoister und zwoi sachvrständige Gmoindrät, im Hirsch eikehrt. Wia üblich. Mehr oder weniger war des immer a Ausflug mit anschließender Sau-ferei auf Gmoindskosta. Aber Traditio!

Dia Eberfraktio hot also im Hirsch tagt. Hoiß isch gwea – und it bloß in dr Wirtschaft. Wo se zu später Stunde hent hoimfahra wella, ischt der Eber leblos im Anhänger glega. A bösa Überraschung! Jetzt war guter Rat teuer. Noch eingehender Beratung hent die drei Experta festgstellt, dees sei a Schada infolge höherer Gewalt. Sia seiet schlieaßlich it schuld an dene subtropische Temperatura. Gmoind müss halt den Verlust in Gotts Nama traga.

Ma hätt au glei noch'm Markt hoimfahra könna. Auf so a abwegiga Idee ischt aber koiner komma. Dr Bürgermoister hot für alle Fäll a Versicherung abgschlossa. Wo se vier Wocha später dann wieder so a Viech kauft hent, ischt dui Sauparty im Hirsch abganga wia eh und je. – Traditiona muß ma pflega! Au wenn's Geld kost!

Moderna Medizin

Au de modern Medizin stoßt gelegentlich an Grenza. Oft bei ganz banale Sacha. Bei Warza zum Beispiel.

A schwäbischer Akademiker, im staatlicha Medizinbetrieb tätig, ischt johrzehntelang mit dem lästiga Warzazuig gschlaga gwea. Im Gsicht, an Händ und Leib. Koi Dokter hot'm wirklich helfa könna. Dees hot'n arg depremiert. Irgendwenn hot'm oiner vrzehlt, de klassisch chinesisch Medizin sei in so Grenzbereich außerordentlich erfolgreich. Helf, was helfa ma! hot'r doo denkt. Er hot sich einer Reisegsellschaft agschlossa und ischt noch Peking gfloga. Neber Großer Mauer, Sommerpalais und Verbotener Stadt ischt au d'Besichtigung von ra Universität mit Eiführung in die traditionell chinesisch Medizin auf'm Programm gstanda.

In dera Uni hot z'erst a Professorin an Vortrag ghalta. A Stimm hot se ghet wia überlastata Heubelüftung. Noch hot a eiheimischer Dokter mit reiner Geisteskraft alle Zuhörer d'Finger an dr linka Hand vrlängeret. Dees hot Eidruck gmacht. Eiser Schwob allerdings hot it gwißt, was'r von dem Hokuspokus halta soll. Zum Schluß send dann sechs Professora mit Übersetzer für Einzelgespräche zur Verfügung gstanda. Dia Leut send eigricht, dia wellet ebbes vrkaufa.

Der schwäbisch Akademiker hot also sei Anliega dem Professor für traditionelle chinesische Medizin vortraga. Und der hot'm gsait: „Isch – in München haben – studiert. In Deutschland lassen Katholiken – Warzen – wegbeten. Sind Sie – katholisch?“

„Nein, protestantisch“, hot der Ma wahrheitsgemäß gsait.

„Dann – isch kann – auch nicht helfen Ihnen.“

Ziemlich frustriert ischt dr Schwob wieder hoimgfloga mit seine Warza. 10 000 Kilometer oifach wega so ra Antwort! Sei ganz Vrtraua in die chinesisch Ganzheitsmedizin hot'r vrlora ghet. Aber den Tip von dem Weißkittel hot'r sich guat gmerkt. Dohoim hot'r dann glei no so ma Gsundbetter gsucht und tatsächlich oin gfunda. Mittla im Oberland. Der hot'm vrsprocha, er däb seine Warza wegmacha. 's könn aber daura. Zeit, hot doo der guat Ma gmoint, spiel koi Roll, aber er sei evangelisch. Dees ischt dem oberschwäbischa Schmalspur-Schamana egal gwea. Er däb au evangelische Warza wegbetta.

Dui Behandlung hot sich dann zoga und zoga. Koi Besserung erkennbar. Eiser Akademiker hot dem Gsundbetter intern no vier Wocha gea. Hoffnung hot'r koina meh ghet. – Und zmol send se dann weggfalla, dia Warza. Von jetzt auf nochher. Alle. Ohne Narba.

Der Ma isch selig gwea.

Passiert isch dees anno 1996. Also it im finstera Mittelalter. Und in dem Zammahang muß au d'Frog noch'm medizinischa Fortschritt erlaubt sei. Und it zum vrgessa dui Toleranz von de Katholika. Dia hoilet sogar Lutheraner! Ohne Aufpreis!

Sia solltet dees mit dem Wegbetta aber it weitervrzehla. Der Wunderdokter nämlich hot möglicherweis gega an ganza Haufa Gsetzer, Vorschrifta und Codex vrstoßa: Betäubungsmittelgesetz, Kostendämpfungsgesetz, Gesundheitsstrukturgesetz, Zulassungsordnung, Sonntagsarbeit, ärztliches Berufsethos und so weiter. Uklar ischt außerdem, wem ma in dem Fall wega Risika und Nebawirkunga an Kraga könnt. In eiserm bürokratisch verfaßta Vorschrifta-Staat däft der guate Ma normalerweis erst tätig werra, wenn sei Arbet im'ma „Warzen-Wegbet-Gesetz" bis ins Kleinste greglet wär. Natürlich müßt dees au in EU-Recht umgsetzt sei. Und so ebbes zieaht sich. Wenn so a Bürokrat drhinter kommt, daß der Gsundbetter im rechtsfreia Raum operiert hot, muß der dem Akademiker dia Warza wieder nabetta. Also: It weitersaga!

Wenn Sia aber amol so an Heiler braucha sottet, messet Se it ubedingt noch Peking oder Shanghai fliega und sich froga lau, ob Se katholisch send. Mittla im Oberland geit's oin. Und der macht Sia gsund. Au wenn Se evangelisch send.

Vrzwickte Vrhältnis

De letzte Johr hem'ma im Urlaub immer nette Ehepaar kennaglernet. Desmol hot uns dr Done, dr Pensionsbesitzer, zu ma ziemlich junga Pärle an Tisch gsetzt. Sui aufdonneret, gstylt wia Zirkusgaul und farbig wia Regaboga. Aber nette Leut, muß ma saga. Bloß a bißle z'gäckelig, a Getue, a bißle ... halt it wia Leut, wo scho johrelang vrheiratet send.

Mei Weib hot glei gspannt, was los ischt. A schlampigs Vrhältnis, wia ma bis vor a paar Johr gsait hot. Aber heut ischt dees normal. Fast. Bloß fast. Beim Vorstella scho wird's problematisch: Darf ich Ihne mei ... kurza Irritatio ... mei Freundin, Bekannte, Partnerin, gelegentlich au Lebensgefährtin oder d'Frau sowieso vorstella? Irgendwia unsicher, fast vrlega weret se beim Beziehungsstatus von ihrem Lebensabschnittspartner. Dr Done ischt alle Peinlichkeita von vornarei aus'm Weg ganga. Wenn dr Herr Zipfelmaier in seim Haus abgstiega ischt, noch hot sei Begleiterin eba au Zipfelmaier ghoißa. Basta! 's Leba sei au so kompliziert gnuag.

Wenn unser Tischnochber vrzehlt hot, noch isch sei Schätzle, sei Mäusle, sei Hannelore schnell zu ma ziemlich unpersönlicha Fürwort zammagschrumpft. Dann hot'r bloß „sie" gsait. Und sui bloß „er". Nama hent se koine benutzt, wenn Dritte anwesend gwea send. – Se entwicklet scho ganz spezielle Befindlichkeita, dia Nebafraua und Nebafraumänner.

Wo nooch drei Tag a Nichtehepaar abgreist ischt, hot sui ihra Collier im Safe vrgessa. Dr Done hot'ms an de bekannt Adress noochgschickt. A paar Tag später ischt de rechtmäßig Ehefrau aufkreuzt. Und dui hot Froga gstellt! Aber schnell ischt aus dem Racheengel a Häufele Elend wora. Dr Done hot Mitleit ghet mit'r. Schlieaßlich hot'r se beruhiga könna. Hundertmol könn se's mit dera Nebafrau aufnemma. Der Ma könn it auf da Kopf gucket hau. A bißle meh Gschmack hätt'rm jo zutrauet. – So psychisch und moralisch wiederaufgrüstet, isch se ruhiger hoimgfahra.

Dr guate alte Jimmy Carter, Ex-US-Präsident, hot vor knapp zwanzg Johr seine Bundesbeamta aufgforderet, se sollet ihre Beziehunga zu de Lebensgefährtinna legalisiera, also heirata. – Wenn dees sei Nochfolger dät? Do dädet sogar seine Praktikantinna lacha! Aber der Ma hot andere Sorga. Wenn oim dia Weibsbilder aber au gar koi Ruah lent!

Doo hent's halt dia Mohammedaner guat. In dr Sure „Die Weiber" Nummer vier hoißt's: „... dann heiratet Frauen, die euch genehm dünken, zwei oder drei oder vier ..." – Wia in Tausendundeiner Nacht! Obwohl – bei uns geit's dees au. Der isch no relativ jung. Und scho vier Weiber! Wenn der wohl sei Land regiert? Und wenn der amol sei Pensio mit alle seine Abglegte toila muß ... Der Ma ka oim grad loid dua.

Dann war doo no des Ehepaar M. aus Bremen. Se hent ganz normal Urlaub gmacht. Zmol ischt im Herr M. sei Freundin aufkreuzt. Hochoffiziell. Samstig und

Sonntig. Mir hent d'Hauptfrau gfroget, worum se sich dees bieata lass. „Lieber einen halben Mann", hot se druf gmoint, „als gar keinen." Genau so hot se gsait! Nooch Frauen-Power, nooch Emanzipatio hört se dees it grad a. A bißle hot se oim loid tua, so gar koin Stolz und gar koi Selbstachtung.

In dem Zammahang denkt ma unwillkürlich an da altgriechischa Philosopha Aristipp, an Schüler vom Sokrates. Der hot d'Lais, a berühmte Hetäre, großzügig alimentiert. Trotzdem hot se mit'm Diogenes gschlofa. Unentgeltlich. Wo'nm dees d'Leut vorghalta hent, hot'r gsait: Ich bezahle sie nicht, daß sie andere abweist, sondern daß sie mir gefällig ist. Ich halte sie mir, nicht sie mich. – A Philosoph, wia gsait.

Im Stadtpark hem'ma dann no a netts Erlebnis ghet. Pärla vor allem, eng umschlunga, send an dem Obend unter dene Bucha flaniert. Mir hent bloß gucka messa. Zmol sait mei Frau: „Was dia könnet, könnet mir au." Ganz so guat hem'mas sicher it könna. Aber mir hent uns bemüht. Bis ma ebbern saga höret: „Dia zwoi send au it vrheiratet." Hinter uns send a paar Vierzeah- oder Fuffzeahjährige gloffa. Und oi so a Nutella-Biabla hot den fachmännischa Kommentar abgea. Mir hent bloß no lacha könna.

Auf dr Hoimfahrt hem'mr no Halt gmacht an dr Autobahkapell. Was doo an dem Tag oina ins Besucherbuch gschrieba hot, des hot no richtig ins Bild paßt: „Lieber Gott, wenn du diese Zeilen je lesen solltest – ich danke dir für alle Enttäuschungen. Sie haben mich stark gemacht. Laß mich noch lange mit Armand zusammen sein. Ich liebe ihn."

Amen.

Dr Liebesbarometer

Wisset Sia, was Kognitionspsychologie ischt? It? I au it. Gott sei Dank. So a Kognitionspsychologie-Professer hot nämlich neulich erklärt, er zweifle it, daß sich Computer in Zukunft vrlieba däbet. – Scheene Aussichta!

Doo paßt's genau, was mir kürzlich a junger Ma gsait hot: Bei ihm stand so a Kasta auf'm Naachttischle. Weiter hot'r it vrzehlt. I hau au it weiter froga traua. Computer im Schlofzimmer! A normaler Mensch ka sich it vorstella, zu was so a Apparat ausgrechnet im ehelicha Schlofzimmer guat sei könnt. Vielleicht als Vrständigungsmittel, wenn zwoi nimme so ganz kompatibel send? Noch könnt so a Bildschirm-Dialog ugfähr so ablaufa:

Er: Ja? Sui: Nein! Aus. Zwoi Wörter könntet roicha. Außerdem Fragezeicha, Ausrufezeicha, Punkt. Meh brauchts it. Aufregend erotisch ischt so a Zwiegespräch jo it ubedingt, au it sonderlich romantisch. Aber Computerer hent mit Romantik eh nix am Huat.

In dr Regel isch von Ehebett zu Ehebett it übermäßig weit. Ma könnt do au auf konventionelle Art mitnander kommuniziera. Ma könnt schwätza zum Beispiel, und dann hätt ma jo au no Händ und Fiaß. Aber ohne Computer lauft heut eba nix meh. In absehbarer Zeit möglicherweis it amol meh im Schlofzimmer.

Vor guat zwanzg Johr be'ne gschäftlich in a Haus komma, am Tag noch dr Hochzeit. Am Tag noch dr Hochzeit! Wia ka ma! Guat, 's ischt halt so na worra. Dui nimme ganz so jung, frisch vrheiratet Frau ischt alloi dahoim gwea. Wo mr 's Gschäftliche abgwicklet ghet hent, hot se mir ihra Wohnung zoigt. Zimmer für Zimmer. Alles picobello. Wia frisch vrheiratet halt.

Zerscht hot se me in a kleis, oifachs Kämmerle gführt. „Dees isch 's Zimmer von meim Ma", hot se gsait. „I hau getrennte Schlofzimmer wella." A bißle rot isch se worra drbei. Dann hot se mir Kuche und Arbeitsraum zoigt. Und dann a wunderschees Zimmer – was hoißt Zimmer? Ein Gemach, elegant und mit Gschmack eigricht. A klassisch Boudoir à la Madame de Pompadour. „Dees isch mei Domizil", hot se mr stolz erklärt. – I hau'nr bloß gratuliera könna. Oifach nobel!

Wo ma naus send aus ihrem Refugium, isch mr am Türgricht ebbes Farbigs ins Aug gsprunga. Wunderfitzig wora, hau ne gnauer nagucket. Aus a ma Art Häusle raus hot me a netts, lustigs Mädle aglachet. Und des Mädle hot ma vrschieaba, oder besser: eistella könna. Dui Skala isch ganga von „Ich hasse dich! Verschwinde!" ganz unta über „Ich habe Kopfweh" und andere Ausreda, bis „Ich bin verrückt nach dir! Besuch mich!" ganz oba. Und auf ganz oba isch eigstellt gwea. Klar, noch dr Hochzeitsnacht! Und über dem „Wetterhäusle" isch groß und vrschnörklet gstanda: Liebesbarometer.

I hau ziemlich dumm gucket. Sottige Hilfsmittel hau ne it kennt. Aber nett ausgseha hot'r, der Liebesbarometer. Über sein praktischa Wert allerdings hau ne koine rechte Vorstellunga ghet. Und dui Frau, dui frisch vrheiratet, hot zmol ausgseha wia in Himbeersaft tunket. Vrständlich, wenn ma sei intima Großwetterlage von jetzt auf nochher so schutzlos preisgeba muß! Aber dees Geniera ischt dem Mädle ausgsprocha guat gstanda, trotz seiner fortgschrittana Jugend.

Schlecht ischt'r offasichtlich it gwea, der Liebesbarometer. I sieh des Ehepaar no oft händchenhaltend spazieraganga. Ob se'n no benutzet? I woiß it, und sage dent se nix.

Und jetzt also könnt's sei, daß der Liebesbarometer und au dia ganz alt, archaisch Methode, dia ohne jegliche Hilfsmittel, vom Computer verdrängt werret. Nix gega Technik! Aber Computer im Schlofzimmer, do dät ma da sogenannta Fortschritt zum Prinzip erheba! A revolutionära Entwicklung gega de menschlich Natur! Und unpraktisch drzua! Na ja, gelegentlich ischt dr Fortschritt schwer zum begreifa. – Aber ehrlich, i ka mr it vorstella, daß so a Computer 's ganze männliche Großhirn lahmlegt, oder daß ebber so an Kasta in Arm nimmt, au wenn's Leut gea soll mit ma Gfühlsleaba wia Stroßawalza. Neulich hot ma zwar glesa, daß sich oiner in sei Wäschmaschee vergucket häb. Und jetzt vielleicht Chipneurotiker und Pentiummasochista? So pervers, so degeneriert, so zivilisationsgeschädigt könnet d'Leut wohl it sei. Kognitionspsychologie hin oder her! Sonst müßt ma tatsächlich an dr Menschheit vrzweifla. Eher dent sich do scho dia Computer unteranander geschlechtlich fortpflanza. – Ohne Liebesbarometer.

Bloß it vrdwischa lau

Wo dr Heiner sei zwoita Garage baut hot, fast alles in Eigaleistung, hot'r sein Opel Rekord zu ma Transporter umfunktioniert. 's ganze Baumatrial hot'r mit'm auf d'Baustell gschaffet. It immer ganz vorschriftsmäßig. Ma muß au ebbes riskiera! Und a bißle Dusel braucht ma au!

Wo'nr fast fertig gwea ischt mit seim Bauwerk, hent se'n dann doch no vrdwischt. Er ischt da Fuchsberg nagfahra, 's Auto glada mit Zement, Kalk, Latta, Dachpappa und Isoliermatrial. Und unta ischt a Polizist gstanda. Dr Heiner hot d'Katastroph komma seha.

„Wisset Se, worum i Sia anhalt?"

Der Herr in Uniform hot an ganz moderata Ton angschlaga.

„Nnnoi ... Vielleicht ... hau'ne überlada?"

„Dees könnt natürlich sei. Sia fahret jo an ganza Baumarkt spaziera. Aber wega dem hau'ne Sia it anghalta."

Dr Heiner hot hörbar aufgschnaufet. Wegem Überlada also it. Aber wega was dann?

„Vielleicht weil dr TÜV abgloffa ischt? Aber no it lang", hot'r schnell noochgschoba.

„Au dees no! Lent Se mi amol gucka." Zwoi Monet war's über d'Zeit. „Wenn sonst nix wär, könnt i vielleicht boide Auga zuadrucka. – Aber wega dem hau'ne Sia natürlich it gstoppt."

Dr Heiner hot bloß mit de Achsla zuckt. „Sonst ka ne mir nix denka ... Ah jetzt, dees oine Rücklicht. Dees ischt grad vorher beim Auflada kaputt ganga. Ganz bestimmt. Se könnet mr's glauba."

„Des wird jo immer besser!" Dr Polizist hot den Schada besichtigt. Dann ischt'r a bißle offizieller wora: „Hent Se überhaupt an Führerschei? Zoiget Se amol Ihre Papier!"

„Aber natürlich hau'ne an Führerschei! Moment." Dr Heiner hot im Handschuhfach afanga gruschtla. Aber da Führerschei hot'r it gfunda. Dann in de Türfächer. Doo war'r au it. „Ja sag amol ... der muß doch im Handschuhfach sei! I woiß gwieß!" Er hot nomol alles umdreht. Tauset Sacha send rauskomma. Bloß koi Führerschei. Langsam ischt'r nervös wora. „I ka mir dees it erklära. Den muß mei Weib wega was woiß i was rausdua hau. Der hot immer doo dinna sein Platz ghet."

Ziemlich hilflos hot'r den Gesetzeshüter agucket. Der hot im guata Wetter nimme trauet.

„Jetzt ehrlich, hent Sie Ihren Führerschei no oder hot'mn Ihne gnomma? I brings raus!"

„Aber natürlich hau ne mein Babbadeckel no! Wo denket Se na!"

Dr Polizist hot vom Dienstwaga aus telefoniert. Nooch a paar Minuta hot'r Bescheid gwißt. „Also, des mit dem Führerschei goht in Ordnung. Sia müßtet'n natürlich drbei hau. Sonst kost's. Des wisset Sia. Und wenn ma scho drbei send: Was isch noo alles ... zweifelhaft an Ihrem ... Ihrem ... Lastwaga?"

„Worum, roicht's no it?“ Dr Heiner hot sich in Galgahumor gflüchtet.

„Roicha? Mir roicht's scho lang. Aber 's wird immer intressanter. Dr Waigel freut sich.“

Im Heiner isch ganz mulmig worra. Aber jetzt den Ma bloß it no reiza! „Also sonst isch mei Auto in Ordnung. I wüßt wirklich nix ... bestimmt ... gwieß ... guat, wenn ma ganz genau nagucket, hent d'Roifa vielleicht a bißle wenig Profil ... a klei's bißle ...“

Dr Polizist hot'n ganz schräg agucket. „Se sehet des fast richtig. Allerdings hent Ihre Roifa it a bißle wenig Profil, se hent bloß a bißle Profil. Mit dem Karra könnet se grad no in dr Garage rumfahra – und doo derf's it glatt sei.“

Dui Sach hot zmol gar nimme guat ausgseha. „Also“, hot der Ma in Uniform Bilanz zoga, „koin Führerschei, überlada höchstwahrscheinlich, TÜV abgloffa, bloß oi Rücklicht und abgfahrene Roifa. Des könnt teuer werra. – Und jetzt sage Ihne no, worum i Sia aghalta hau. Do doba stoht a Schild: Durchfahrt gesperrt. In zeah Minuta kommt a Bagger und reißt dui Stroß auf. – Was saget Se jetzt?“

Gar nix meh hot'r saga könna. Er hot sich da Angstschwoiß aputzet und auf d'Zäh bissa vor Zora. Wia ka i ...! – Noch ra kleina, sadistischa Kunstpause hot der Staatsdiener dann umgschwenkt: „Jetzt machet Se sich ganz klei und fahret Se schnell hoim, ganz schnell, sonst muß i Sia vrhafta mitsamt ihrem Bomber! Und noch ganget Se glei in d'Werkstatt und zum TÜV! Klar? Und lent Sia sich jo nimme so vrdwischa!

Polizei dein Freund und Helfer? Aber Angst macha könnet se oim scho ghörig!

Porträt mit Goldrand

D'Frau Dokter ... hoißa ma se Maier in S. ... ischt a seelaguats Weib und a erfahrena Ärztin. Se ischt nimme de Jüngst, aber se praktiziert immer no a bißle. Ihre Patienta möget se, und gelegentlich saget se dees au.

Vor kurzem hot ma se zu ma Notfall gruafa. 's war it schlimm. Ma hätt wirklich koin Dokter braucht. Dees hot se dem Notgfallpatienta au klargmacht. Aber der hot se ganz treuherzig agucket und gsait: „Wisset Se, Frau Dokter, wenn Sia kommet, goht mr's glei ganz besser."

Bei ma Hausbsuch hot'ra a Witwer an ungewöhnlicha Antrag gmacht: „Frau Dokter", hot'r gsait, „Sia dät i glei heirata. Sia hent immer so kalte Händ wia mei vrstorbana Marie. Sia hent bestimmt au so kalte Fiaß."

Am a Pfingstsonntig am Morga hot a altlediger Bauer a Behandlung wella. De alt Mudder hot'm klargmacht, daß koi Sprechstund sei. D'Frau Dokter sei in dr Kirch, se däb Geiga spiela, dr Chor sing a Orchestermess. Dees hot dem Ma gar it paßt. Er hot ebbes bruddlet von uverschämt, wo er grad Zeit häb, und er bleib oifach doo. Nooch a paar Minuta hot'r klopfet und a Schüssel warms Wasser vrlangt, daß'r seine Hühnerauga eiwoicha könn. „Wenn dees Zuig

woich ischt, gohts nochher um so schneller und um so leichter.“ – Am hoiliga Pfingstsonntig, wia gsait!

A Bäure hot’s arg im Hals ghet. D’Frau Dokter hot’ra hoiße Kartoffelsäckla vrordnet. Dees helf am besta und ohne Nebawirkunga. Dui Patiente hot a bißle rumdruckt und noch gmoint: „Dent Se mir doch ebbes vrschreiba aus der Apothek. I be jo in dr Krankakass. Wisset Se, heuer kostet d’Kartoffel ebbes.“

Eines Tages hot ma dr Frau Dokter aus’m Wartezimmer zwoi Bilder gstohla, Ölporträts von ihre Eltera in goldlackierte Holzrahma. Heutzutag ischt jo nix meh sicher. Heut wird alles zammagstohla, was it niet- und nagelfest ischt.

Dr Frau Dokter ihra Vadder, au Arzt und viele Johr im Stadtrat, war amol a weitum bekannta Persönlichkeit. Kurz nooch’m Ersta Weltkrieag hot’r sich und sei Frau vom a renommierter Moler porträtiera lau. Und dia Porträt send seit eh und je in dr Praxis, im Wartezimmer, ghanget. Se hent an beachtlicha künstlerischa und materiella, vor allem aber an hoha ideella Wert ghet. Und se hent ganz oifach zum Haus ghört.

D’Putzfrau hot zerscht gseha, daß ebbes fehlt. „Frau Doktor“, hot se gschriea, „d’Bilder send weg!“ Koi Mensch hot ebbes gseha geht, koiner ebbes gmerkt. ’s Entsetza war groß. So ein Frevel! Dene Spitzbuaba ischt doch nix meh hoilig! – Was dua? Polizei! Natürlich!

Dia Polizista hent den Tatort genau untersucht. Fazit: A Eibruch scheid aus. Keinerlei Spura von Gewaltanwendung. Entweder häb dr Täter an Schlüssel ghet, oder ma müss’n unter de Patienta sucha. Daß ebber während de Sprechstunda oifach ins Wartezimmer eidrunga sei, könn ma zwar it ausschlieaßa, sei aber unwahrscheinlich.

D'Frau Doktor hot ihre Lista duregucket. 53 Patienta an dem besagta Tag. Lauter honorige Leut – doo war se sich sicher. Au ihre Türka, ihre Griecha, Italiener, Portugiesa und Eriträer hot se dui Lumperei it zuatrauet. Se hot immer 's Beste gsucht hinter de Leut. Und wer woißt, vielleicht send dia Bilder au scho vorher gstohla worra. So gnau woiß ma dees nia. – Se hot ihra Anzoig jedenfalls wieder zruckzoga. Drfür hot se a Anzoig in Zeitung dua und a hohe Belohnung ausgsetzt, wenn jemand dia Erbstückla wieder zruckbring. A naiva Vorstellung! Aber mit Geld loht sich einiges macha, hot se denkt.

Zruckkrieagt hot se's nimme. Wär au a Wunder gwea. Der Vrlust hot se arg troffa. Se hot alte Fotografia von de Eltera vrgrößera lau und dann dia leicht vrgilbte Fotoporträt ins Wartezimmer ghängt. A schwacher Ersatz, aber immerhin.

Ugfähr a halbs Johr nooch dem Diebstahl hot ihra langjähriger Patient, dr Ali Ö., am a Samstigobend an ihrer Wohnungstür glitta. Er hot gstrahlt übers ganze Gsicht, und er hot a groß Paket unterm Arm ghet. Se hot'n mit ins Eßzimmer gnomma. Doo hot'r des Paket auf da Tisch glegt.

„Frau Doktor aufmachen." Dees Ding war mit hondert Schnura zammabunda. Mit vill Kraft und mit ma scharfa Messer hot se's schlieaßlich aufbrocht. Und was ischt rauskomma? Genau, dia gstohlene Bilder. Und außerdem no zwoi Porträts vom alta Ehepaar Maier, in Kupfer trieba, vor dr Europabrücke in Istanbul.

Vor Freud send ra Träna komma. Dia Bilder wieder doo! Mit dem hot se nimme grechnet ghet.

„Gefallen dir?“ hot dr Ali gfroget. Er hot natürlich seine Kupferporträt gmoint. „Gemacht von große Künstler. Geschenk von mir. Du beste Doktor wo gibt.“

Doo hot se den Ali in Arm nemma messa. „Sie send halt doch mei Bester“, hot se gsait. „Aber warum haben Sie nicht gesagt, daß Sie die Bilder mitnehmen?“

Doo hot dr Ali no meh gstrahlt: „Muß doch sein Überraschung!“

Und dui Überraschung ischt tatsächlich glunga. Bloß a bißle anderescht.

Vier Weiber

Goister und Hexa geit's bekanntlich koine meh. Fürs Übersinnliche nimmt ma heut Alkohol und Droga. Dia spuket genau so guat, meistens ohne daß ma's will.

Dr Bsuach auf dr Hannover Mess ischt lang gwea, astrengend und dustig. Dr Helmut und dr Karle, zwoi Mittelständler, Meßtechnik und Schneidmaschina, hent zerscht a Bier braucht, wo se spät in dr Nacht hoimkomma send. Dann no a zwoits und a dritts. Zehlt hent se's it.

Dr Karle hot sein Freund zum Übernachta eiglada: „Mir hent Platz gnuag." Und weil trinka hungrig macht, hent se no da Kühlschrank pländaret. Wo se gnuag gessa und meh wia gnuag trunka ghet hent, hot dr Helmut no 's neue Haus seha wella. Im Weikeller hent se ihra Besichtigung agfanga. Dann d' Schwimmhalla und Paterre, zletzt 's Obergschoß.

„Des ischt unser Dunkelkammer", hot dr Karle grinst, wo'nr d'Tür zum ehelicha Schlofzimmer aufstoßa und 's Licht aknipst hot. „Halloole ..." Sei Hannelore hot it reagiert. Se hot's kennt, ihre Pappaheimer. Und außerdem: nachts um drei!

Vor'm Gastzimmer hot dr Karla zwinkeret: „Doo schloft mei Freundin." Er hot d' Tür aufgmacht, und a weiblichs Wesa ischt wia Kobra aus de Kisse gschossa. „Schlof no weiter“, hot’ r glachet, „be bloß i.“ Im Helmut ischt ’s Gsicht standa blieba: D’Freundin – und was fur oina! – auf dr gleiche Etage wia d’Ehefrau? Dr Karle hot’s genossa. Er hätt’m saga könna, daß dees a Bekannta sei, wo immer im Haus schloft, wenn er auswärts ischt, weil sei Frau Angst hot alloi. Aber er hot’m sein Glauba glau.

Vor’m nächsta Zimmer hot dr Karle gsait: „So, doo kascht du nochher schlofa.“ Er ischt neimarschiert, ’s Licht agmacht – und hot vor Überraschung ’s Maul nimme zuabrocht. Zwoi Dama send in dene Doppelbetter glega. Von dr oina hot ma bloß an schwarza Wuschelkopf gseha, de ander hot sich vrschlofa d’ Auga grieba und langsam, wia high gucket. A Junga, hot dr Karle no registriert, a völlig Unbekannta. Dann hot’ r schnell gmacht, daß’ r Tür von ussa zuabrocht hot. Dia zwoi Hübsche hent’n doch ziemlich duranader brocht.

Dr Helmut hot des Ganze it begreifa könna. Er hot an richtiga Schock ghet. „Vier Weiber“, hot’ r allaweil vor sich na brummlet, „vier Weiber!“ und drbei ungläubig da Kopf gschüttlet. Und dees vermutlich weniger aus moralischer Entrüstung als aus Neid und aus Bewunderung. Daß vier Weiber au a Vrpflichtung sei könnet, an dees hot’ r in dem Moment wohl it denkt. In seim Kopf ischt alles duranander gloffa. Übernachta hot’ r jetzt nimme wella. „Ruf a Taxi a! Aber schnell! I fahr hoim!“ hot r sein Kumpana agwiesa.

Was se hent it wissa könna: D’ Schwester von dr Hannelore, a Studentin, hot auf dr Fahrt in Urlaub mit ihrer Freundin beim Schwesterherz Statio gmacht. Unagmeldet. Und so isch plötzlich ’s ganze Haus belegt gwea, respektive alle Better. Freudahaus? Koi Spur. Eher Gasthaus, schlicht und oifach.

Im Helmut sei Frau ischt aufgwachet, wo' s langsam Tag worra ischt. Dr Ma neba dana hot ständig halblaut gschwätzt, und zwischanei ischt'r immer wieder zammazuckt. Was'r gsait hot, hot se it vrstanda. Ebbes hätt Bier hoißa könna und a paar Mol hot se gmoint, se häb Leib oder Weib rausghört. Mit ra Fahna schwätzt ma halt it so deutlich. Und daß der Helmut a Jenseitsfahna ghet hot, dees hot ma bis am Marktplatz gschmeckt.

Am Morga dann, scho ziemlich spät und nach oigener Ansicht wieder im Vollbesitz seiner körperlichen und geistigen Kräfte, hot dr Helmut seiner Klara verzehlt, dr Karle häb doch tatsächlich vier Weiber. Er trau' s fast it saga. Dia vier Weiber hent sich in seim Kopf festgsetzt ghet. Vier Weiber! Klara hot'n bloß schräg agucket. „Schwätz doch koin Dreck. Du hoscht vier Affa geht! Dees send deine vier Weiber! D'Hannelore hot mr am Telefo scho vrzehlt, wia ihr wieder gsoffa hent und wia laut ihr gwea send. Und wenn da noch wieder deine fünf Sinn ganz beianander hoscht, noch sag i dir au, was dees mit dene vier Weiber auf sich hot. Oder mit deine vier Affa! Was aufs gleiche rauskommt.“

Strandguat

Schön ist es auch anderswo, hier bin ich sowieso", hot dr Wilhelm Busch seinerzeit dichtet. Und weil's tatsächlich so ischt, fahret Milliona Johr für Johr in Urlaub. Irgendwo na. Dr Urlaub ischt halt de schönst Johreszeit.

Dr Sepp und d'Agnes send noch Frankreich gfahra, an Atlantik, in d'Nähe von la Rochelle. Zwoi Wocha Sonna, Meer und Strand. Erholung pur – hent se denkt.

Am Meer dann de erst Enttäuschung: Leut, Leut, Leut, soweit ma gseha hot, wia a Seehundkolonie an dr patagonischa Küste. Bauch an Bauch, Fiedla an Fiedla. Und der Dreck! Plastik, Holz, Babbadeckel und Hundshäufa überall. Guat, 's hot vorher tagelang gregnet ghet. Trotzdem, so hätt's it ausseha derfa! Dann dia Klo! Wia a Roßstall, a Niveau wia weit hinta in dr Mandschurei, Lichtjahre unterem mitteleuropäischa Standard.

Am zwoita Tag hot's afanga regna, und a ekliger, kalter Wind vom Atlantik her hot d'Leut vom Strand gfegt. Dr Wetterbericht hot für die nächschte Tag weiter Kälte und Rega prophezeit. Koi guater Auftakt.

Am Sonntigobend ischt dr Sepp mit seiner Frau zum Essa ganga. Und doo hent se Bollingers troffa, Vrwandte aus'm Boyrischa. Endlich a agnehma Überraschung. Noch'm üblicha Blabla isch de unvrmeidlich Frog komma, was se au däbet bei dem Wetter. Dr Sepp: „Heut sem'ma oimol in dr Kirch gwea und dreimol im Wirtshaus. Dees sait alles." Dann hent se über den dreckiga Strand, dia unmögliche Klo und des no unmöglichere Wetter gschimpft.

Des Strandproblem hent Bollingers lösa könna. Sia gange zu de FKKler ... na ja, doo sei's wenigstens sauber und d'Klo zwar au französisch mit dem berüchtigta Loch in dr Mitte, aber picobello putzet. Doo könne se au mit. Besser FKK als Dreck und Müll. Morga soll 's Wetter jo wieder besser werra laut Fernseha.

Am andera Tag ischt dr Sepp mit seiner Frau dann tatsächlich zu de Nackede gfahra. 's war a schwera Entscheidung. D'Agnes hot de halb Nacht it gschlofa. Nacket bada! Mit ander Leut! An so an Gedanka muaß ma sich zerscht amol gwöhna. An Tanga und so a bißle Obertoil könnt ma doch vrtraga!

Was noch abgloffa ischt, hot mir d'Agnes so vrzehlt: „Mir send alloi gfahra und so bald, daß ma it mit Bollingers zammatroffa send. Des wär uns peinlich gwea. Wenn ma anand so guat kennt – azoga! – Des Nudistacamp hot an saubera, seriösa Eidruck gmacht. Mir hent uns mitnander um... also ... auszoga. Zu zwoit goht's leichter, hem ma denkt. Dann sam ma langsam Richtung Wasser dabbet und hent krampfhaft hinter unsere Plastiktascha Deckung gsuacht. A Glück, daß ma au doo Badetuch, Sonnacreme und Zeitungen braucht!

Doo send se rumgstanda, rumsprunga und rumglega, dia Nackede. Überall. Ma und Weiber, Walrösser und Bleistift, Kinder und Großvädder. Und alle hättet azoga netter ausgseha. Klamotta send wirklich gnädig! Dees woiß i jetzt. – Ma soll bei dene FKKler jo it gucka. Ma will dees au it. Jenseits vom Äquator, also unterhalb vom Reserveroifa, sehet sowieso alle ähnlich aus. Aber ebba na mußt jo linsa. Und wenn's bloß Nackede geit? Da kascht doch it ständig nooch de Wolka gucka oder nooch de Regawürm! Wenn da noch aber ringsum bloß feigablattlose Adam und Evas siehst, noch kommst dr immer *no* nackeder vor.

Hinter a paar Büsch im Sand hent se Volleyball gspielt. Ungfähr a Dutzed so Hopser. Männlein und Weiblein. I hau nimme weiterlaufa könna! Wenn so a Zwoi-Zentner-Floischberg noch'm Ball hechtet, sieht r nochher aus wia ... wia ... a exhibitionistischs Sandmännchen. Oine hent sich dann no ausklopfet. Und wenn so a Amazone am Netz hochsteiga will ... du glaubst it, was doo alles afangt schwabbla und wabbla, was doo alles hupft und juckt. Und nix gschützt, nix gstützt und nix abunda! Dees hoißt dann Freikörper*kultur!* – Noch ischt wieder a ganzer Haufa überananer neigfalla. Wia Rugby auf St. Pauli! Also des isch mir zvill gwea! Gschmacklos, oifach gschmacklos! Moral geit's heut jo nimme, aber 's war unästhetisch, stillos, animalisch! Komm, Sepp, hau ne gsait, mir ganget. Dann scho lieaber dr Dreckstrand als dui Genitalpromenade!"

An der Stell hot d'Agnes a kleina Paus gmacht. Ma hot rs direkt agseha, wia se's glupft hot beim Gedanka an dia Schmerbäuch und was sonst no alles so rumghanget ischt. Noch hot se mir direkt in d' Auga gucket: „Kascht jetzt vrstanda worum i koiii ... Volleyball meh seha ka?"

Albin Beck 's Hemmed ischt hinta und vorna
Albin Beck
's Hemmed
ischt hinta
und vorna
Schwäbische Geschichten
und Glossen
Silberburg-Verlag